Fernand Szczepaniak

Merci d'acheter

Définition de Larousse

Merci

<u>nom masculin</u>

(latin *merces, -edis*, salaire)

1. Terme de politesse dont on use pour remercier (accompagné parfois de *grand*, *mille*) : « Merci de vous être dérangé. Mille mercis pour votre aide. »
2. Parole de remerciement : « Dire un grand merci. »
3. Terme de politesse accompagnant un refus : « Merci, non merci, je n'ai plus faim. »
4. Marque la négation, la dénégation (souvent renforcé par *bien*) : « Y aller ? Merci bien, après tout ce qu'il m'a fait ! »

<u>nom féminin</u>

- Littéraire. Demander merci, se reconnaître vaincu, demander grâce.
- « Dieu merci ! », grâce à Dieu, heureusement.
- Être à la merci de, être sous la dépendance de quelqu'un, soumis à l'action de quelque chose.
- Sans merci, sans pitié.
- Tenir quelqu'un à sa merci, le tenir dans une dépendance totale.

Définition de Larousse

Acheter

verbe transitif

(latin populaire *accaptare*, de *captare*, chercher à prendre)

1. Obtenir un bien, un droit contre paiement ; acquérir : Acheter des fruits à 5 euros le kilo.

Synonymes :

acquérir - se payer - s'offrir

Contraires :

céder - vendre

2. Acquérir quelque chose pour quelqu'un, le lui offrir : Acheter un cadeau à ses enfants.

3. S'assurer contre récompense la complicité de quelqu'un, ses faveurs ; corrompre : Acheter un témoin.

Synonymes :

arroser (familier) - corrompre - graisser la patte à (familier) - soudoyer - stipendier - suborner

4. Obtenir quelque chose par des sacrifices ; payer : Acheter sa liberté.

Synonyme :

payer

"Merci d'acheter" est une formule courante dans le commerce qui associe politesse et acte de consommation.

Elle peut être perçue comme une reconnaissance du rôle central de l'acheteur, mais aussi comme un impératif déguisé, jouant sur la psychologie de la réciprocité.

En société de consommation, cette phrase banalise l'achat et reflète une gratitude intéressée, où le "merci" devient une formalité commerciale.

Elle souligne également la tension entre sincérité et valeurs marchandes.

Petit mot avant de débuter :

Ce n'est pas parce que vous n'avez pas lu
L'ingénieur : Héros malgré lui de Fernand Szczepaniak
que vous ne comprendrez rien.
En aucun cas cet ouvrage là, n'est une suite du premier.
Mais achetez-le, s'il vous plaît.

« L'enfer, c'est les autres »

Jean-Paul Sartre
dans la pièce Huis clos, 1944

Prologue

Parfois lorsqu'une histoire fini positivement, cela ne veut pas dire qu'elle sera positive de manière durable. Je me méfie maintenant de tout. Je ne pense plus aux conséquences. Là, vos yeux rivés sur des lettres déjà avec un préjugés... Si je m'en fiche des conséquences, alors je m'en fiche de recevoir des phrases comme « Franchement il y a des fautes partout ! », « Il est cher ce livre ! », « Regarde ! Chaque traits au crayon que j'ai fait sont des erreurs que tu as commises ! ». Je sais que « préjugé » doit s'écrire sans « s », merci... Oui, ces critiques sont louable, mais elles le seraient d'autant plus si j'avais été accompagner de conseils.

Ce qu'on retiendra de mon livre c'est des fautes. Trop d'erreur. Un échec ? Ai-je eu un mot sur mes innombrables heures de boulot pour le faire venir à vos mains ? Je n'avais qu'à faire un travail fini parce qu'il ne l'était pas... Après je dis échec, mais j'en ai pleuré de joie. Dès mon plus jeune âge, j'ai quand même essayer de faire un bouquin. Je suis heureux d'ailleurs que vous me fassiez confiance pour vous dire « Je vais acheter cet ouvrage. Je vais dépenser de l'argent et de mon temps pour le lire. J'espère qu'il sera rentable ». Mais non vous ne vous dites pas ça ! Impossible, vous êtes des êtres divins sinon. Non. Après tout je m'en fiche désormais. Alors, ce livre est une revanche ? Pas vraiment, un peu quand même.

Je n'arrêtais pas de faire des pauses incessantes depuis des mois. Je n'arrivais pas à faire mieux que mon premier ouvrage. C'est assez ironique de ma part de penser comme ça, car celui que vous lisez ne serait que mon deuxième. Mais je me dis juste : merde, écris ! C'est ça, écrire un livre, non ? Des mots qu'un type, en qui tu fais mystérieusement confiance, te donne en échange de ton achat. Parce que oui, si tu as acheté ce livre, c'est soit parce que tu es un de mes parents – coucou papa, coucou maman –, soit parce que tu es un de mes amis. Qu'est-ce que vous faites là ? Venez, on se fait une nouvelle partie de survie sur *Minecraft*. Ou alors tu fais partie des connaissances de mes amis : le père de mon pote, la mère de ma copine... je pourrais faire une liste interminable. C'est triste, mais mes ventes viennent majoritairement de mes connaissances, de mon premier cercle jusqu'au troisième, à peu près. Si jamais tu viens de nulle part et que tu as voulu acheter mon livre, sois le ou la bienvenue, j'espère qu'il te plaira.

C'est d'ailleurs triste aussi, décidément, je pense plus à faire plaisir qu'à me faire plaisir en écrivant. Comme si je pensais plus à l'argent qu'au bonheur, alors que non, je n'ai même pas encore un appartement à payer, je vis tranquillement chez mes parents. Donc non, je n'ai aucune raison de m'en soucier. En plus si j'avais les problèmes que je viens de citer, je m'en ficherai et je continuerai. C'est drôle, d'ailleurs, comme je m'imagine de grands inspecteurs lisant mon livre, décortiquant, analysant chaque mot, chaque figure de style. Quelle imagination ! Et puis c'est vrai, même si ce ne seraient pas des critiques, quelqu'un qui voudrait me recruter taperait mon nom sur Internet et verrait que j'ai écrit un bouquin. C'est sûr, ça embellit l'image du mec qui se trémousse sur une musique de son chanteur préféré.

C'est un peu égoïste aussi, écrire un livre. Vous l'achetez pour lire mes pensées. Je pourrais dire n'importe quoi, mentir sur la quatrième de couverture, parler de mes moments où j'avais une gastro-entérite en dansant la polka, raconter des absurdités, tout en sachant que vous avez payé pour ça. Vous seriez déçu. Mon médecin, lui, me prescrirait sans doute des médicaments et un rendez-vous chez le psy. Vous avancez, en quelque sorte, vers l'inconnu. Quand vous ouvrez un livre, savez-vous vraiment de quoi sera faite l'histoire ? Écartons les tricheurs qui regardent des résumés sur Internet. Savez-vous exactement comment l'auteur va utiliser les mots pour faire en sorte que son histoire tienne la route ?

Je parle à qui, en fait... Je veux dire... Je pose des questions à un écran, sans déconner, est-ce que je me parle à moi-même ? J'ai l'impression de vous parler, à vous, mais je ne sais même pas qui vous êtes. Ceux qui lisent ces mots ? Vous pourriez être n'importe qui. Coucou, n'importe qui ! Pardon, aux âmes sensibles à la grande littérature, ce livre n'est probablement pas pour vous. Je compte bien me faire plaisir, non ?

Au pire, si vous n'aimez pas mon livre, eh bien tant pis pour vous. Vous avez voulu l'acheter, alors assumez ! Non, je ne vous engueule pas, mais je vous préviens : je ne suis pas désagréable pour autant, je vous aime (après tout, vous l'avez acheté).

Ce prologue est assez particulier, je vous l'accorde, on dirait un enfant qui parle pour ne rien dire. Quoique, parler, c'est toujours dire quelque chose. Et au pire, si je ne dis rien, je dis au moins le fait de ne rien dire. Bon, voilà mon moi philosophe qui se manifeste. Puisque c'est mon prologue, je fais un peu ce que je veux (si vous n'êtes pas content, passez le prologue).

Je me pose une question depuis que j'écris : la littérature doit-elle être politique ou non ? Dois-je me dévouer ? En gros, certains pensent que les écrivains doivent utiliser leurs livres pour défendre des causes, dénoncer des injustices (Matthieu Meriot n'en fait pas partie). D'autres, en revanche, disent que la littérature est un espace sacré, à part, qui ne devrait pas être corrompu par la politique ou les idéologies, ni par la société en général. Il y a donc deux camps : d'un côté, ceux qui disent "la littérature doit changer le monde". Jean-Paul Sartre est un grand défenseur de cette idée ; il pense que les écrivains doivent s'engager, prendre position, comme il l'explique dans *Qu'est-ce que la littérature ?*. De l'autre, ceux qui prônent "l'art pour l'art", et qui estiment que les écrivains doivent être libres d'écrire ce qu'ils veulent sans étiquette politique. Imaginez Stromae écrire un livre en disant : "Entre deux concerts, j'ai mangé une pomme, c'était cool". Gustave Flaubert, lui, disait que la littérature était un espace sacré, à part, qui ne devrait pas se mélanger à la politique ni aux idéologies. Il détestait l'idée que les écrivains soient contraints de s'engager. Son but, c'était juste d'écrire des histoires belles et complexes, sans qu'on vienne lui demander d'avoir un message politique. Les deux camps ont des arguments, et honnêtement, ce n'est pas facile de trancher. Personnellement, je n'ai pas vraiment envie de changer le monde. Je veux impacter. J'aime écrire simplement, sans qu'on y cherche un sous-entendu à tout prix, comme si vous n'aviez rien d'autre à faire. Mais en même temps, j'adore les sous-entendus. Il y a des choses qu'il est parfois difficile de dire directement, alors on les suggère. La prose, c'est bien, mais les vers aussi. Passer de A à Z, c'est bien ; passer de A à B, puis à C, D, E, F, G, 12, 14, 20, Jambon beurre, X, Y, Z, c'est peut-être plus technique, mais plus précis et raffiné à mon goût. (Oubliez le Jambon beurre). Tout dépend de l'intention. Parfois, j'ai juste envie de vous dire "chier", parce que je n'ai pas envie de prendre des pincettes : vous avez compris que le personnage doit aller aux toilettes. D'autres fois, j'écrirai "ressent une forte envie de se soulager" si je souhaite que la scène reste chic, douce ou simplement cordiale.

On s'éloigne de l'idée d'écrire pour changer le monde, mais je m'intéresse plus à l'acte d'écrire pour raconter, sachant qu'au fond, lire, c'est aussi se divertir.

Donc oui, je vais vous raconter une histoire, pas en grande littérature et pour moins cher. J'y aurai passé plus de temps que sur mon premier livre, mais vous vous en fichez. Le prologue, je le conçois, est assez lourd ; ça peut partir dans tous les sens. Vous lisez du Fernand : lourd et dans tous les sens. Quand j'écris, j'ai du mal à m'arrêter, je veux toujours tout dire, tout ce que j'ai au fond de ma pensée. J'ai toujours peur de vos réactions. Vous me faites peur. Je suis tout seul, je suis un mec seul dans ma chambre qui écrit et qui n'a aucun bouclier pour se défendre.
Vos mots me briseront, vos mots me détruiront. Vos mots, s'ils ne sont pas constructifs, ne servent à rien. Je veux de vrais conseils, des aides.

Là, ça change par rapport à mon dernier livre. À l'époque, je n'avais pas d'étude particulière pour la littérature ou l'écriture, j'étais au lycée général malgré l'option Humanité, Littérature et Philosophie (HLP). Maintenant, je n'ai plus d'excuses : je suis en licence de Lettres. J'ai encore moins de résistance dans mon bouclier. Épargnez-moi, s'il vous plaît. J'ai cumulé, en plus de la philosophie en Terminale avec le tronc commun et la spécialité. Et en Première, j'avais la spécialité Mathématiques et la HLP, un voyage à la Descartes ahah. Ce que je cherche, c'est à me faire plaisir et à en tirer des leçons, à m'améliorer grâce à des critiques constructives, des retours qui s'appuient sur des exemples précis pour m'aider à progresser dans un domaine. Toute critique constructive doit être faite de façon amicale, avec de bonnes intentions. Pardonnez-moi, mais me montrer que j'ai fait dix fautes sur une page juste pour me le signaler, ça n'a rien de réellement constructif.

Oh là là, je m'avance peut-être trop. Je m'en fiche de me faire descendre, tout mon prologue est une façon de me défendre et de parler d'engagement de toute manière. Finalement, c'est en écrivant maintenant que je me rends compte que c'est bon : fais. Fais-le. Écris, épuise-toi, pense, réfléchis, écris, écris, écris. Mais sois Fernand.
Tant pis si tu n'aimes pas mon livre, assume au moins de l'avoir acheté.

Alors, bienvenue dans une nouvelle histoire, celle d'un type qui ne connaît rien à ce monde, qui est perdu, un peu comme vous... Attendez un peu... Ça me rappelle quelque chose... Ah, mais oui ! Après tout, quand on a une bonne recette, autant la garder.

Chargement…

<u>Sommaire :</u>

- Introduction brutale (p.15)

- Entité régénératrice (p.28)

- Trahison ? (p.38)

- L'autobiographie (p.53)

- Écriture mutilée (p.57)

- Ne perds pas le nord, gamin (p.59)

- Pour quoi, au juste ? (p.67)

- Ne t'oublie pas, chéri (p.84)

- J'en fais quoi ? (p.102)

- Travail (p.107)

- Déçu ? (p.110)

- Good ending (p.122)

Introduction brutale

Une femme âgée prit la parole :

— Bonjour et bienvenue dans votre nouvelle école ! J'espère que vous êtes tous heureux d'être ici ! De toute façon, vous avez plutôt intérêt, puisque vous avez tous fui la prison ! Je ne sais pas pourquoi notre nouveau gouvernement veut ça, mais même si vous avez fait des braquages et menacé l'économie de l'île, vous avez le droit à une nouvelle chance !

— L'économie de l'île ? s'interrogea un élève.

— Oui, oui, on est sur une île, ne pose pas de questions... répondis-je sans trop vouloir argumenter.

Elle reprend son discours discriminant.

— Vous êtes tous des bons à rien ! Je ne vois même pas pourquoi je devrais vous faire cours ! J'étais à deux doigts de prendre ma retraite, je devais finir l'année dernière et ne plus jamais remettre les pieds dans cette administration scolaire chaotique ! Mais qu'est-ce que j'entends ? Notre chef a absolument voulu, par manque de main-d'œuvre, que tous les enseignants finissent leur travail quand il n'y aura plus aucun délinquant dans les écoles. C'est du délire ! Je me fiche de ce que l'on peut dire, moi je vous le dis...

Qu'est-ce qui vous a pris de faire ça, hein ? Pourquoi avez-vous fait de telles choses ? Vous n'aviez rien de mieux à faire ? Ce n'est même plus une école ici, c'est de la rééducation pour délinquants ! Je me demande bien pourquoi vous devez faire tout cela... Toi, là !

La professeure me regarde et m'affiche devant tout le monde, qui me fixe, ajoutant une couche supplémentaire de malaise.

— Oui ?

— Quoi, "oui" ? Tu ne sais pas pourquoi je t'appelle ?

— Non, pas vraiment, excusez-moi... répondis-je sans savoir où me mettre.

— Tu veux me faire péter un câble, non ?! Qu'est-ce qui t'a pris de faire tout cela ? Pourquoi tu as décidé de faire pourrir ta vie aussi misérablement que ça ?! C'est quoi ton prénom déjà...

Elle regarde une liste.

— Timothée ? cria-t-elle.

— Oui ? confirma Timothée.

— Quel nom de tapette ! grogna Florent, un élève plus costaud que nous tous.

— Eh... Calme...

— Quoi, t'as un problème ?

— ...

— Bon, alors, tu es... Ah ! Samuel ? questionna-t-elle.

— Oui, c'est moi ! affirmais-je.

— Alors ? Qu'est-ce qui t'a poussé à devenir la misère de la société ?

— Euh... je...

À vrai dire, je crois que je devrais tout lui expliquer, mais cela va être compliqué... Je me souviens surtout de m'être fait embarquer dans une voiture noire aux vitres teintées, sans mon consentement. Je me baladais tranquillement, juste à la recherche de quelque chose à manger. Je vivais dans la rue, enfin, dans un parc à côté de la maison de celle dont je suis maintenant amoureux (j'en parlerai plus tard). Deux gars m'ont embarqué, l'un avec une coupe iroquoise blonde, Jack, et l'autre... je ne souviens plus de son nom. Je ne vais pas rentrer dans les détails, car je crois avoir déjà raconté tout ça auparavant. Les deux faisaient partie d'un gang et, après m'avoir observé selon je ne sais quels critères, ils ont décidé de me recruter. J'ai commis quelques délits pour gagner ma vie, sans trop de succès au début, car je n'étais pas le plus malin de la bande. Puis, lors d'un braquage de l'une des banques de l'île, j'ai rencontré une fille, Mina, qui m'a donné envie de croire à nouveau en l'amour. En rentrant du braquage, je me suis retrouvé sur le chemin de chez Mina. Moi, qui dormais seul dans un parc, ai vu mon quotidien changer : elle a décidé de m'héberger, le temps qu'il faudra. Elle n'était ni métisse, ni purement blanche ; je dirais qu'elle avait une peau bronzée. Elle avait l'habitude de porter un maillot de bain uniforme, si bien que, lorsqu'elle était à l'aise, on distinguait les traces de bronzage sur sa peau. Ses cheveux étaient noirs, longs et ondulés. Elle avait de grands yeux marron en amande, et un petit grain de beauté proche du coin de son nez, juste au-dessus de sa lèvre supérieure. En parlant de ses lèvres, elles étaient fines et lui donnaient un charme irrésistible, surtout lorsqu'elle souriait. Ses jambes, longues et délicates, semblaient encore en pleine croissance, même si elle avait mon âge, et que, théoriquement, nous avions tous deux fini de grandir. Elle n'était ni particulièrement petite ni particulièrement grande, mais elle mesurait environ trois centimètres de moins que moi. Ses yeux se trouvaient à hauteur de mon nez.

Au-delà de son apparence physique, c'était une personne faussement altruiste. Comme moi, elle savait donner, mais uniquement pour ceux qu'elle aimait. Et parmi eux, j'étais son préféré. Elle était adorable, câline, un véritable petit chat dont je devais prendre soin, et cela tombait bien : j'adore les chats ! Heureusement qu'elle ne souhaitait pas avoir de chien, car j'y suis allergique. Elle avait ce don rare de toujours réussir à me remonter le moral et à m'aider à voir les choses sous un angle plus large, plus détaillé.

Puis, ce que je n'avais pas prévu est arrivé : la police a débarqué, nous aillant débusqué, en défonçant la porte d'un coup de pied vers 14h après deux jours depuis que je suis arrivé chez elle. Ils nous ont arrêtés, Mina et moi, alors qu'elle se blottissait tendrement près de moi sans une once d'agressivité sur le canapé, et voilà que je me retrouve ici, à l'école après quelques jours en garde à vue. Enfin, "école"... Si on peut appeler ça une école. C'est plutôt un endroit où l'on fait une rédemption ou une purification. Je sais à peu près pourquoi je suis là tout de même, bien que comparé à certains de la classe, je ne sois pas le plus coriace. Il y en a qui ont tué des innocents, d'autres qui menacent perpétuellement des femmes pour les soumettre à leurs désirs. Moi, je n'ai rien de tout ça. Les autres sont horribles, moi pas tant. Je n'ai jamais voulu braquer des supérettes, je n'ai pas non plus eu envie que Mina m'embrasse. J'ai l'impression que la vie me mène et que je ne fais que la subir. Ce qui m'a poussé à agir, c'est peut-être simplement mon appartenance au gang. Je me demande d'ailleurs s'il existe toujours... Et où sont Mina ? Jack ? Je suis tout seul dans cette classe, je ne connais pas grand monde.

La vieille prof commence soudainement à s'énerver.

— Bon alors, avorton, tu parles oui ?

— Euh... Je ne sais pas pourquoi je suis ici, madame, je n'ai rien fait de mal...

— Ah bon ? Et tu la vois, ça ?

Elle pointe une arme à feu posée sur son bureau.

Cela me rappel celle que j'avais utilisée pour braquer une petite supérette, mon premier coup d'essai pour intégrer le gang. Elle doit avoir cette arme pour intimider les élèves, qui ont déjà fait des atrocités mais sont maintenant sans défense. On peut comprendre, sinon être professeur dans une situation pareille serait suicidaire.

— Oui, oui, je vois... répondis-je en ravalant ma salive et en sentant une pulsation cardiaque désagréable au niveau de ma gorge.

— C'est avec ça que tu as sans doute fait des choses horribles ! De toute façon, vous êtes tous des personnes horribles ! Heureusement qu'il y a des gens sensés et gentils pour vous remettre sur le droit chemin !

Arrêtez de dire "horrible personne", "avorton", ou d'autres mots péjoratifs, madame, s'il vous plaît. Ne généralisez pas. Certes, j'ai commis des erreurs, mais ce n'était pas intentionnel. D'ailleurs, quand j'ai braqué cette fameuse supérette, je suis revenu la nuit, habillé différemment, pour glisser dans la caisse à monnaie, ce que j'avais volé.

— Aujourd'hui, aboya la professeure, nous allons étudier un extrait de l'œuvre de Zasafer De Profundis intitulée *Érotisme sous névrose*. Je passe dans les rangs pour vous distribuer le texte.

Armée d'une pile de feuilles dans la main droite et tenant un taser dans la main gauche, elle passa dans les rangs pour nous imposer la culture qu'elle voulait nous inculquer.

— Qui souhaite lire ? lança l'institutrice.

— Moi, dis-je, voyant que tout le monde était prêt à lui faire un doigt d'honneur.

— Très bien, commence alors !

Je me mis à lire de manière flegmatique, sans pause, excepté pour la ponctuation :

"Je demeure indifférent à l'égard de ceux qui s'adonneraient à exercer une pression. Face à un avenir empreint d'angoisse, saturé d'un poison croissant, tel des poissons qui évoluent inlassablement dans leur bocal maudit. Mon aspiration se limite à l'originalité pure... Les autres élèves, qui manifestent le désir de m'inclure dans leurs cercles, m'importent peu. Je préfère me retirer à l'extérieur, scier du bois, forger, et leur lancer des œufs. Mes géniteurs demeureront éternellement inconscients de ma désinvolture envers l'existence, ou plus précisément, envers cette société putride dans son intégralité. Je suis conscient de ma propension à l'aveuglement ; peut-être est-ce le fruit de ma découverte émergente de la vie, cette existence médiocre, dénuée de sens. Avant elle, mes nuits étaient hantées par la mort et d'autres tourments insignifiants."

— Vous avez compris ? demanda alors l'enseignante.

— Euh... répondit la moitié de la classe.

— D'accord, merci pour votre participation active... J'espère que vous voyez que l'extrait exprime un rejet prononcé de la pression sociale, de la conformité, et des attentes. L'auteur se distancie délibérément des influences extérieures qui cherchent à dicter sa vie, il montre une préférence pour l'originalité et l'authenticité personnelles. La métaphore des poissons tournant en rond dans leur bocal suggère une critique de la routine quotidienne et de l'enfermement social. Les activités extérieures comme scier du bois ou forger sont présentées comme des alternatives plus significatives que les relations superficielles avec ses pairs. L'incompréhension des parents face à cette attitude souligne un conflit générationnel et la difficulté de communication entre générations. Le langage cru et désabusé reflète l'amertume de l'auteur envers la société. Bien qu'il admette peut-être être dans le déni, l'auteur exprime une volonté de découvrir sa propre voie, même si celle-ci semble marquée par une vision sombre et cynique de l'existence.

— Qui l'arrête? exprima mon camarade à ma gauche.

Elle enchaîne vite. J'ai l'impression que ça me dit quelque chose, quand même…

Un silence gêné suivit l'explication de la professeure.

Personne ne semblait vraiment avoir saisi toute la portée du texte. Je réfléchissais à ce que tout cela pouvait bien vouloir dire pour moi. Une partie de moi se reconnaissait dans ce rejet des conventions, ce sentiment de ne pas appartenir à un groupe, d'être à la marge. Mais en même temps, je n'avais jamais cherché à le faire. Est-ce que je voulais vraiment une voie à moi, ou avais-je simplement été poussé par les circonstances ? Et cette quête d'originalité, est-ce qu'elle me correspondait ?

— Bon, personne d'autre ne veut discuter de ce texte ? lança la professeure en fixant la classe avec son regard glacial. Vous savez, si vous continuez à rester muets, il n'y aura pas de pitié pour vos sanctions à venir. Vous êtes prévenus.

Soudain, une jeune fille rousse assise au fond de la classe leva la main. Elle était toujours silencieuse, mystérieuse, et se méfiait de tout le monde. C'était la première fois que je la voyais prendre la parole.

— Oui ? dit la professeure, visiblement surprise.

— Ce texte, il parle de nous, non ? dit-elle d'une voix calme mais assurée. On est tous comme des poissons dans un bocal, coincés ici, condamnés à répéter les mêmes erreurs. On n'a jamais eu de vraie chance de faire autrement.

Toute la classe se tourna vers elle. Même la professeure sembla désarçonnée par cette réflexion.

— C'est... une interprétation intéressante, admit-elle. Et c'est précisément ce que l'auteur veut dire, au fond. Bravo. La société peut parfois nous enfermer dans des rôles et des attentes. Et certains d'entre vous, pour une raison ou une autre, en ont souffert plus que d'autres. Mais cela ne vous excuse pas de vos actes. Être enfermé dans un rôle ne vous donne pas le droit de faire du mal aux autres. Mes cours sont logiques, ahah !

Je m'enfonçai un peu plus dans ma chaise, me sentant exposé par cette conversation.

C'était vrai qu'on pouvait dire que je n'avais pas choisi ma vie, que je n'avais pas voulu devenir ce que j'étais devenu. Mais est-ce que cela suffisait comme excuse ?

La professeure, jeta un coup d'œil à sa montre, puis claqua des mains pour attirer notre attention.

— Bien, le cours est terminé. Dégagez.

Je rassemblai mes affaires en silence, jetant un dernier coup d'œil à la jeune fille rousse, qui se tenait déjà debout, prête à partir. Il était 18h. Elle avait un regard profond, méfiant, comme si elle voyait au-delà des apparences. Moi, je me sentais toujours aussi perdu. Je sortis de la salle avec une sensation d'oppression, comme si les murs de cette école rééducative se refermaient un peu plus sur moi chaque jour.

Dans les couloirs, l'air était encore plus lourd. Je me dirigeai vers la sortie, sans même savoir où aller ensuite. Peut-être que cette fille rousse avait raison. Nous étions tous des poissons dans un bocal. Mais comment sortir de ce bocal, voilà la vraie question. Je ne connais pas cette fille, mais je dois savoir qui elle est... Comment elle sait ça. Même *eux* ne savent pas que nous savons. Enfin, je n'ai jamais su si tout le monde le savait ici.

D'ailleurs, tant que j'y suis, je vais peut-être essayer d'aller chercher Mina. Peut-être qu'elle est ici, vu qu'on a été séparés lorsque les flics nous ont attrapés. Que faire ? Je suis déjà sorti de l'établissement, et je crois qu'aujourd'hui, on a juste fait une pré-rentrée. Quoiqu'on nous a déjà donné un texte à étudier... Je sens que je devrais sécher les cours. Après tout, ceux qui m'ont vraiment appris la vie, ce ne sont certainement pas les enseignants, mais plutôt mes amis. Soit je suis un homme de la nature, soit je suis un homme civilisé et droit. Sauf que tous les enseignants — en tout cas la plupart — nous enseignent des notions de façon subjective. C'est leur idéologie ou celle des autres. Ils n'essaient même pas d'avoir un point de vue plus objectif. Comme le dit Rimbaud dans sa lettre à Georges Izambard, son ancien professeur : « Je suis décidé à être poète, et je travaille à me rendre *voyant*. Il s'agit d'arriver à l'inconnu par le dérèglement de tous les sens. » Il avait compris que la connaissance ne vient pas de l'ordre établi, mais du chaos de l'expérience. Je n'ai jamais aimé les professeurs. Je n'ai jamais aimé qu'on me dise quoi faire. Je préfère faire moi-même mes erreurs plutôt que de les voir cachées. Au pire, il me manquera un bras si je fais une faute lors d'un travail manuel, mais cette erreur me forgera et restera avec moi toute ma vie. Ce n'est pas une fatalité. Si quelqu'un me protège de tout, comment vais-je me forger une identité ? Je ne serai que le résultat des erreurs d'autrui, une espèce de prudence incarnée, mais ce ne sera pas vraiment *moi*. En somme, je préfère me dire que je veux rester moi-même, même si c'est bête. Au moins, je serai bête, mais fier de dire que c'est *moi*, et non l'intelligence des autres.

Je m'écarte trop, désolé. C'est tellement que je pense à ce bourrage de crâne perpétuel qui m'empêche de structurer mes pensées. Après tout, je suis quelqu'un qui peut passer d'une soirée tranquille avec une bonne bière en compagnie de Jack et des gars du gang, à me retrouver la même nuit en pleine opération de blanchiment d'argent.

Bref, je vais tenter de retourner chez… enfin, je ne sais même pas ce que j'ai à foutre ici. Je suis là, devant le bâtiment, dehors, seul, comme je l'ai toujours été.

Entité régénératrice

J'essaie tant bien que mal de me retrouver dans ce bourbier. Cette ville, cette île. Je connais pourtant certains endroits, comme le chemin qui mène au parc où je dormais, juste à côté de la maison de Mina. Si je remonte un peu, je me retrouverai face au quartier des gangs, là où les villas sont juxtaposées. Mais là, c'est comme si je m'étais "réveillé" en plein milieu d'un cours, comme si mon histoire avait commencé au beau milieu d'une salle de classe.

Je ne sais pas ce qui s'est passé exactement avant, à part l'intervention des policiers chez Mina après un week-end ensemble. C'est tout ce dont je me souviens. Rien ici ne me rappelle quelque chose que j'ai déjà vu. Je suis ailleurs, toujours sur l'île, mais dans un endroit différent. C'est comme si je découvrais un nouveau petit monde.

Plus je marche, plus je me perds au fond de cet endroit. Je ne reconnais plus rien de familier. Je suis comme un *pachuco*, selon Octavio Paz, ce groupe de jeunes ou juste un jeune seul qui (pour le groupe) se sentent étrangers dans leur propre ville, cherchant une identité au milieu du désordre. Je suis face à l'inconnu, mais il y a des choses que je sais quand même. C'est comme si j'achetais un livre : je sais à peu près ce que c'est, mais pas vraiment.

Je passe devant des magasins, et l'un d'eux s'appelle "PVZ". C'est une grande surface, ou peut-être juste une épicerie, mais plus grande quand même, où l'on trouve des fruits et légumes. J'ai déjà goûté leurs salades et leurs petits pois, mais honnêtement, je préfère ceux que Mina me prépare. Elle ne savait pas vraiment cuisiner, mais je riais, donc je savais que j'allais aimer les plats. De plus, le patron de cette entreprise a une villa dans le quartier des gangs, qu'il a modestement renommée, comme si cela suffisait, en "La villa PVZ". Faut vraiment avoir un sacré ego pour faire ça. Mais il est un peu fou sur les bords, croyant toujours aux invasions d'aliens ou même à d'autres créatures, qu'elles soient anthropomorphiques ou des morts-vivants. On a de tout ici. C'est un riche fou, mais tant qu'il est heureux, c'est le principal. Si je pouvais raconter mes histoires à des gens et qu'ils soient heureux de ce que je leur raconte, alors je le serais aussi.

Dans tous les cas, ce n'est pas grave. J'ai croisé d'autres fous. Surtout un. Enfin, pas si fou que ça, plutôt extrêmement névralgique, affectif et même un peu romanesque. Je crois que sa maison est ici, dans le même boulevard que le magasin du riche fou. Je suis devant, et la maison n'a pas changé. Je reconnais cet endroit, finalement, c'est bon. Il me fallait juste sortir de la banlieue. Il est 20h.

Concernant ce monsieur... Ah bah tiens, il est là. Il a bien vieilli. Il a les cheveux courts et gris, les traits de sa peau tombent, ne résistant plus à la gravité. Il porte un cardigan jaune moutarde avec un polo bleu pâle, un simple jean délavé et une paire de chaussures marron qui font l'affaire. Il est assis sur le muret devant chez lui, observant la rue et les gens, comme un petit vieux heureux.

- Bonjour, Ramasuel ! me déclara-t-il.
- C'est Samuel... Oui, tout va bien, et vous ? demandai-je.
- Très bien, jeune homme ! Tu n'as pas pris une ride, toi, ahah !

C'est normal, j'ai vingt-quatre ans quand même... Bientôt vingt-cinq.

- Oh oui, j'ai de la chance !

Qu'est-ce que je suis sarcastique...

- Sinon, tout va bien avec votre femme ? dis-je, essayant de combler les moments de silence intenses et pesants.

- Oh oui ! Elle est géniale, ma femme ! J'aime ma femme ! J'adore ma femme ! Ma femme, c'est toute ma vie !

Et voilà, il est reparti... J'ai l'habitude de ses tirades qui ne finissent pas avant trente minutes au moins. On va dire que ça me fait de la compagnie, alors je ne me plains pas. Je vous préviens, oubliez qu'il est un petit vieux. Disons qu'il est vieux dans sa tête mais jeune à l'extérieur.

Il continua :

- Tu vois, cela peut paraître troublant, mais chaque phrase avec elle me comble de bonheur. Ce qui peut sembler extrêmement bateau d'ailleurs. Oui, elle est parfaite, oui, elle me donne envie de vivre, sans elle je ne suis rien. Quoique qui a dit que je n'aimais pas les hommes ?

-Je ne sais pas, rétorquais-je.

Je vous avais prévenu… On peut aller de A à X en passant par E.

Il reprit :

- Enfin bref, chaque fois que je passe du temps avec cette personne, je ne voudrais jamais qu'elle parte. Classique, donc. Mais bon, c'est une personne dite humaine, classique, non ?

J'agis comme un enfant avec elle. Je la laisse toucher mon corps. Je lui ai dévoilé mon passé. Mes amis en entendent parler tous les jours (il en a peu). Elle m'a vu pleurer. J'essaie de faire des efforts, même s'ils paraissent inexistants. Je souris devant elle. Je suis le plus heureux quand je peux lui parler, même à distance, alors que je déteste ça à la base…

-Ah.

- Chaque moment où je dois être loin d'elle me ronge. La dernière fois, lorsque nous étions allongés à deux dans un minuscule lit simple, nous étions collés. Si collés que je pensais en rigolant que l'on pouvait fusionner, rejoindre nos corps pour ne former qu'une seule entité. Ce que je rêve au fond. Mais malgré cela, quand je l'embrasse, quand je sens ses lèvres fraîches, moelleuses et saliveuses, lorsqu'elles humidifient les miennes, c'est là que je me sens revivre. J'étais dans une version dégradée de moi-même. Il ne m'a fallu que faire cette mystérieuse mise à jour. C'est mon processeur dans ma tour informatique, ou un changement de diamant sur mon lecteur vinyle qui me fait reprendre de plus belle. Sans ça, je ne fonctionne plus, mes programmes disjonctent, mes chemins déraillent et grésillent, et mon esprit se brouille. Sans cela, je ne ressemble plus à ce que j'étais. Jamais je n'ai aussi bien résonné avec les paroles de Platon dans *Le Banquet*. Je suis cette troisième espèce : le mâle, la femelle, et une troisième composée des deux autres. Nous avons formé cette espèce. Apparemment, l'espèce aurait disparu, mais cette symbolique y reste gravée. Quand Platon évoque le mythe de l'androgyne, est-ce que je me le remémore juste pour l'utiliser comme prétexte ? Peut-être, mais cela transcende mon esprit.

Il s'arrête.

Oui, alors il aime beaucoup parler comme un philosophe. À l'époque, il voulait en être un prof ! Il a fini par devenir simplement un petit écrivain, ce qui lui correspond bien au final. Il rêve d'écrire des romans à l'eau de rose, sauf qu'avec ses mots et son imagination fulgurante, cela risque d'être du Sade, quoique plus *soft* quand même.

Il reprit son souffle et s'assit sur une simple chaise en plastique blanche, qui n'est plus si blanche avec le temps qui passe.

- Innocemment, il faut savoir se dire que tu ne plais pas, Ramasuel. Même à des proches. Aussi simple que cela puisse paraître, même des amis peuvent faire l'affaire. Mais te montrerais-tu nu avec eux ? Pourquoi pas ? Chacun ses hobbies, ahah, des hobbies ! Enfin… je ne juge personne, sauf si tu le fais. Hein ?

J'ai rien compris. Je suis à deux doigts de me demander s'il est adepte de l'exhibitionnisme.

Il se leva brusquement :

- *But it's interesting…* Le concept d'être à l'aise avec autrui montre cette complicité, j'adore. Donc c'est comme être nudistes entre potes, *anyway* (il est bilingue à croire). A fortiori, j'aime énormément le fait de se dévoiler, d'enlever sa *persona*, qui n'est qu'un soi-même déguisé. Quel intérêt de le faire… Grosso modo, c'est se cacher, et même de simples amis peuvent avoir cette capacité régénératrice. Beaucoup de gens croient qu'être en couple, comme moi et ma femme, comparé avec le fait d'avoir des amis, n'est que le plus que l'autre n'a pas. Ce qui n'est pas faux. Je ne sais pas si l'on peut se marier avec un ami, quoique pour certaines cultures cela peut ou pourrait être probable. Mais par exemple, l'exemple phare est le sexe. Mais malheureusement, un second exemple va casser cette différence existante : les *sex-friends*. (C'est un vieil écrivain moderne, cet homme.)

Il me regarde fixe.

- Alors, la différence réside dans une définition de la relation, non pas collective, mais individuelle, ce qui va permettre de caractériser une différentiation dans chaque relation. Personne n'est exactement pareil qu'un autre. Je ne suis pas nudiste.

- Eh beh... étudiais-je d'un air si peu assuré. Vous avez sans doute raison, monsieur ! Bon, je dois aller retrouver quelqu'un, je dois vous laisser ! Merci beaucoup pour cette conversation !

- Prends bien soin de toi, Marasuel ! Merci !

Pfiou... J'ai bien cru me noyer en plein cours de philosophie. Il aime tant sa femme qu'il part dans des métaphores. On ne dirait pas d'ailleurs, mais pour bien l'avoir connu auparavant, c'est quelqu'un d'extrêmement pudique. Bref, me voilà toujours dans ce boulevard, mais j'ai enfin atteint la fin.

Plus je marche, plus je me pose des questions sur moi-même. Je ne sais pas si c'est à cause du petit vieux jeune qui m'a foutu un coup dans le ventre, psychologiquement parlant, mais je me perds dans mes pensées. Suis-je quelqu'un de personnel, ou suis-je plutôt une somme de conséquences d'autrui qui me façonnent et me font devenir quelqu'un de personnel, qui ne l'est donc pas vraiment ?

Vous savez, j'ai dépassé ma phase d'adolescent, mais elle a été très difficile à vivre. Pour certains, ça passe plus facilement, mais c'est souvent à ce moment qu'on se pose des questions existentielles, d'un point de vue extérieur assez drôle : "Quel est le sens de la vie ?" ou encore plus précisément "Quel est le sens de *ma* vie ?". Pourquoi suis-je ici ? Est-ce que tout était déjà calculé, dans un passé proche ou lointain, pour que je me retrouve ici, à la fin de ce boulevard ? Est-ce que le fait d'être en couple était déjà écrit, ou est-ce juste une question de chance ?

D'ailleurs, je trouve ça extrêmement intéressant quand le monsieur parlait d'une entité "régénératrice" qui nous complète. C'est drôle, mais aussi frappant. Il est vrai que depuis que je vivais avec Mina (bon, juste un week-end avant qu'on se fasse attraper, mais quand même) pendant ces quelques jours, je souriais, et j'avais une raison de me lever le matin. Mais est-ce parce que Mina est une personne lambda qui fait tout pour que j'aille mieux, ou est-ce parce qu'elle est ma copine ? Est-ce que Jack aurait potentiellement pu avoir le même effet sur moi, en tant que bon pote ou même pseudo-père ? C'est lui qui m'a appris la vie en somme, il m'a récupéré quand j'étais seul sur l'île.

Est-ce qu'un ami peut avoir le même rôle qu'une petite amie ou un petit ami ? Selon le vieux, la seule différence réside dans l'attirance sexuelle entre les deux catégories, ami(e) et copain/copine. Parce qu'en soi, tu peux faire les mêmes choses. Je peux aller boire une bière avec Jack, tout comme avec Mina. Je peux dormir dans le même lit que Mina, mais en même temps, je pourrais aussi le faire avec Jack, imaginons que l'on soit en mission ensemble ou qu'il n'y ait qu'un lit disponible, dans une ambiance totalement conviviale.

C'est simple quand il s'agit de deux personnes du même sexe. Mais si Jack avait été Mina et Mina, Jack ? Si, juste en ami, j'avais dû dormir avec Mina, que ce soit par nécessité, comme pour une mission, ou par envie réciproque, est-ce que le "juste en ami" ne serait pas un peu de trop ? Ce serait plus simple si j'étais homosexuel, si j'étais en couple avec Jack, et que je n'avais rien à faire avec une fille. C'est toute la complexité de la séparation naturelle qu'on fait instinctivement entre ami et petit-ami/petite-amie.

Je pourrais même aborder la question de quand un(e) ami(e) devient plus qu'un(e) ami(e). Comment sais-je que je ne suis plus simplement en bonne relation amicale avec une personne, mais que je commence à en tomber amoureux ? Est-ce que cela se fait d'un coup, ou est-ce que cela prend du temps ? Tu m'étonnes que je ne sois pas à l'aise socialement. Mets-toi dans ma tête deux secondes et tu comprendras…

En tous cas, là, il faut que je me magne le cul, il fait déjà presque nuit.

Trahison ?

Je suis bien arrivé à la fin du boulevard, certes, mais je ne sais plus où aller ensuite. Je n'ai vu, en sortant de l'école, ni Jack ni Mina. Je ne saurais pas dire où se situe la maison de Mina, ni même où pourrait être Jack. Est-ce qu'ils sont finalement à l'école en fin de compte ? Je suis un peu perdu, et maintenant une brume compacte commence à se créer autour de moi. Déjà que j'étais un peu perdu, là je suis complètement paumé.

— Salut mec, ça va ? me dit une voix légère sortant de nulle part, quoique l'on pourrait dire qu'elle arrive d'un épais brouillard brun m'agressant soudainement.

— Qui est-ce ? me questionnai-je, m'inquiétant car j'ai presque l'impression d'être devant une scène paranormale.

— C'est moi, répondit la voix.

— Qui ?

Je regarde partout, mais je ne vois rien.

— On s'en fout. Suis-moi.

Soudain, je vois une main fine qui, d'un geste extrêmement rapide, me saisit par le poignet, son pouce appuyant juste contre une artère, presque contre l'os. Cette sensation me fait frissonner, non pas de gêne, mais d'un étrange apaisement. Pourtant, ça pourrait très bien être un agresseur, prêt à me kidnapper, comme tout le monde au final ici. Même quand on est censé se faire rééduquer, on n'apprend jamais rien, on recommence. C'est en nous. À deux doigts de se demander si ça sert réellement à quelque chose d'y aller, ou même si cette école sert vraiment à quelque chose.

La main m'emmène plus loin. On marche, ou plutôt, elle me traîne à vive allure pendant deux bons quarts d'heure, jusqu'à s'engouffrer dans une ruelle morbide, où des rats agonisent et les odeurs sont aussi nauséabondes que le dernier pet qu'un type du gang m'a lâché pour rire. Je m'en souviendrai à vie. Il est 22h.

Je regarde prudemment la silhouette devant moi. En effet, c'est une femme. Elle apparaît comme une ombre fauve, ses cheveux de cuivre ondulant autour de son visage pâle, comme des flammes égarées dans une nuit obscure. Ses vêtements, déchirés et tachés de poussière, s'accrochent à elle avec une négligence calculée, comme s'ils voulaient dissimuler ce qu'ils révèlent à peine. Malgré la saleté, une sensualité crue émane de chaque geste, chaque courbe de son corps qui semble sculpter l'air autour d'elle, attirant les regards avec une gravité insaisissable. Son sourire, énigmatique et cruel, promet un secret, un désir interdit, tandis que ses yeux, sombres et perçants, semblent sonder les âmes, cherchant quelque chose qu'elle seule comprend.

Sa présence n'a rien de doux ; elle envoûte avec une force étrange, irrésistible, comme une tempête silencieuse. Elle danse sans vraiment danser, et pourtant tout dans son être semble appeler au mouvement, à une fascination dévorante, un vertige où le danger flirte avec la beauté. C'est la rousse que j'avais aperçue en cours putain !

— Tu as l'air d'avoir peur, ça va ? me dit-elle d'un ton calme et presque chaleureux.

— Tu m'as quand même limite "kidnappé", et quand je te posais les pourquoi du comment de ton geste durant le trajet, tu ne m'as pas répondu !

— Excuse-moi, je suis désolée. Je suis un peu mal à l'aise avec les gens, alors je préfère m'isoler pour parler.

— T'isoler ? Dans une décharge pareille ? Et parler de quoi, au juste ?

— Excuse-moi, je suis vraiment timide...

— Arrête de faire la fille timide, discrète, mystérieuse, ou je ne sais quoi, je vais repartir, moi ! Et c'est pas une réponse d'être timide pour m'emmener je ne sais où !

Elle sort soudain une arme blanche.

— Ok ok ok ok ! Je vais rester ici tranquillement et répondre à tes questions, mais ne me tue pas s'il te plaît !

Qu'est-ce qu'elle a cette fille... J'appelle pas ça être si timide que ça...

— Je ne veux pas te tuer, dit-elle calmement. Je veux juste qu'on fasse équipe.

— Équipe ?

— Oui, me dit-elle.

— Comment ça ? J'ai déjà vécu une histoire de kidnapping quand j'étais seul dans le désert. Une voiture noire teintée avec deux mafieux (Jack et un autre type), m'ont embarqué. Certes, au final je suis devenu pote avec eux à cause d'une série d'événements... Mais jamais on ne m'a menacé au couteau ! Et en plus, ton couteau, il est ensanglanté ! Tu tues, espèce de connasse !

— Je ne tue pas, je peins. C'est de la peinture. Regarde.

Elle se dirige vers un grand drap gris, presque camouflé dans les murs délabrés de la ruelle, et révèle ce qui ressemble à un garage encastré dans un mur. À l'intérieur, divers tableaux accrochés. Elle les a sûrement peints elle-même.

— Donc comme ça, je suis une connasse ?

— Excuse-moi, je me suis emporté. Je m'en veux, mais essaie de moins faire flipper la prochaine fois… C'est beau, en plus, ce que tu peins.

— Cool. C'est pas une raison. Et toi, tu l'es pas peut-être, "connard" ?

— Comment ça ?

— Tu oses vendre un livre *beaucoup trop cher,* avec des *fautes d'orthographe,* en plus.

— Comment tu sais ça, par contre ?

— On est pareil, mec.

— Non, tu es une fille rousse, je suis Samuel.

— T'es trop con… D'ailleurs, appelle-moi Leyla. C'est plus court que "la fille rousse" et c'est moins descriptif, donc moins impoli.

— D'accord… Leyla.

Avec elle, c'est comme si je recevais des coups de pression à chaque réplique. Elle me remet à ma place constamment. Elle n'est pas très amicale non plus, peut-être à cause de son ton sec ou du fait qu'elle m'a menacé avec une arme blanche.

Elle s'avança devant moi pendant que j'étais assis, adossé contre le mur, essayant de récupérer du souffle après tout ce qu'il venait de se passer.

— Quand je dis pareil, c'est que…

Elle pâlit soudain, comme si la lune elle-même avait dérobé la dernière lueur de vie de son visage. Déjà d'une blancheur inquiétante, la marque d'une créature nocturne qui évite la clarté du jour, elle semble maintenant presque translucide, un fantôme à peine ancré dans la réalité. Ses lèvres, si pâles qu'elles pourraient se confondre avec sa peau, se serrent imperceptiblement, accentuant la tension étrange qui émane d'elle. Il y a quelque chose de terriblement fascinant dans ce contraste entre la fragilité apparente de sa carnation et l'intensité énigmatique qui brûle encore dans ses yeux. Le silence qui l'entoure devient pesant, comme si la justification de « pareil » elle-même retenait son souffle. Je la regarde, presque avec crainte, sentant que cet être éthéré, qui semble flotter entre deux mondes, pourrait à tout instant basculer vers les plus grands malheurs. Elle n'a jamais eu l'air aussi irréelle, comme une vision qui se dissiperait si on osait cligner des yeux.

— Rien, rien, dit-elle. Oublie. Au pire, c'est pas grave. En vrai, on est tous les connards de quelqu'un, alors autant passer à ce que je voulais te dire au départ.

— Assieds-toi… euh… Leyla. Tu as l'air fatiguée.

— C'est bien la première fois qu'on fait attention à moi... t'inquiète.

— Je préfère te le dire quand même.

— Merci, Samuel.

Woaw, elle m'a dit "merci". C'est bon signe. Peut-être qu'elle ne me tuera pas tout de suite, après tout...

— Sinon, pour revenir à tes tableaux, ils sont vraiment joliment faits ! disais-je, essayant de lui montrer un peu plus d'affection, même si c'était plutôt à elle de le faire.

— Oh merci, désolée pour le bazar, il y a des pots de peinture partout. En plus, je ne sais pas si je dessine si bien que ça, je recopie juste ce que je vois dans les magazines. Sinon, je les stocke là, à pourrir. J'essaie même pas de les vendre, je dessine juste pour passer le temps dans cette vie de merde.

— Sois pas si pessimiste, Leyla ! Je serais bien partant pour en prendre un à l'avenir, de tes tableaux !

— Vraiment ? Tu dis ça juste pour me faire plaisir...

— Non, non ! répondis-je avec enthousiasme. J'aime beaucoup celui avec les deux personnes au bord d'un lac entouré de petites lucioles, regardant devant elles d'un air illuminé ! C'est tellement joli !

— C'est pas le plus beau...

— Et alors ? D'ailleurs, ce n'est pas parce que tu recopies des modèles dans les magazines que tu es nulle ! C'est déjà un art de savoir reproduire. Je te signale que pour créer quelque chose, il faut souvent partir de ce qui a déjà été fait. Créer, c'est aussi s'inspirer.

— T'es pas spécialiste en art, mais t'es un bon philosophe, dit-elle, tentant de dissimuler un sourire. T'es un génie malgré toi on dirait !

— Je dois dire "merci", j'imagine, ahah.

— Sinon Samuel...

— Oui ?

— On va quand même revenir au sujet principal, je veux qu'on fasse équipe.

— C'est-à-dire ? Je ne veux plus braquer quoi que ce soit...

— Pas comme ça, je veux dire qu'on traîne ensemble, qu'on soit à deux.

— Hein ? Mais y a bien un but, non ? demandai-je, intrigué.

— Je suis toute seule, et toi aussi… Je me disais que ce serait cool qu'on soit ensemble. Et puis, tu m'es tombé dessus.

Je ne savais pas quoi en penser...

— Ah… Euh, pourquoi pas. À vrai dire, je marche jusqu'à retrouver soit mon ami Jack ou ma…

— Il fait noir, Sam, tu dors où ce soir ?

— Nulle part, d'habitude je dors sous un arbre, et puis j'ai eu la chance de dormir chez M...

— Ça te dit de dormir chez moi ? m'interrompit-elle.

— Quoi ?!

Purée, j'ai vraiment la côte avec les filles, ou quoi...

— Euh, non, désolé, continuai-je. Justement, j'allais dire qu'il fallait que j'aille chez...

— C'est juste à côté, dit-elle en me montrant du doigt le bout de la ruelle, où une porte en bas de la rue menait à un escalier pour monter à son appartement.

— Mais il y a M...

— En plus, j'ai deux chambres...

— Mais Mi...

— Il fait froid, non ?

— Je...

— Ça va, Samuel ?

— Euh... je...

Leyla s'arrêta net, son regard dur et froid perçant le silence entre nous. Un frisson glacé me traversa l'échine.

— Tu crois que t'es où, Samuel ? Dans ton petit monde parfait ?

Je sentais déjà que la conversation prenait une tournure que je n'aimais pas. J'ouvris la bouche pour dire quelque chose, mais elle ne me laissa aucune chance.

— T'es qu'un pantin, un foutu pantin sans volonté. T'es là à errer, sans savoir où tu vas. T'as jamais rien fait pour toi-même, toujours à la merci des autres.

Elle s'approcha de moi, son regard pénétrant comme si elle cherchait à me transpercer de part en part.

— Tu crois que tu contrôles quelque chose ?

Je tentai de répondre, d'expliquer, mais chaque tentative était coupée net par ses mots qui fusaient avec une brutalité déroutante.

— T'as jamais fait un choix pour toi-même, Samuel. T'es là à courir après des ombres, sans jamais te poser de vraies questions. Tu crois que Jack ou Mina se soucient de toi ? Ils te manipulent, tout comme moi. Mais toi, t'es trop aveugle pour le voir. T'es seul, et tu le sais.

Elle marqua une pause, scrutant mes réactions.

Pourquoi m'agresse-t-elle soudainement ? Est-ce parce que j'ai hésité à la suivre ? Est-ce un excès de bipolarité ? Est-ce expliqué quelque part ?

— Tu fais toujours ce que les autres veulent. T'as même pas le courage de dire non. C'est ça, Samuel, t'es un lâche !

Le poids de ses paroles m'écrasait. Je voulais lui dire qu'elle se trompait, que j'avais mes raisons, que je savais ce que je faisais, ou pas. Mais elle ne me laissait pas en placer une. Elle ne faisait que m'accuser, me rabaisser, m'enfermant dans une spirale où je ne savais plus quoi penser. Était-elle simplement en colère, ou avait-elle sans doute raison ?

— Tu veux partir ? Allez, vas-y, cracha-t-elle, méprisante. Retourne dans ton petit monde. Tu crois que t'es libre ?

Que t'as le choix ? Samuel, tu fuis. C'est tout ce que tu sais faire. Tu fuis ! Tu fuis !

Elle frappa contre une des ces œuvres.

— Comment veux-tu que les gens t'apprécient, Samuel ! T'es une coquille vide, sans fond ! Quand je te regarde, j'arrive même pas à savoir si t'es vraiment là, si t'es stable ou juste un fantôme. T'es qu'un fragile, une misérable merde. Personne ne voudra jamais être ami avec un type qui n'arrive même pas à prendre sa vie en main.

Sa voix, tranchante, continue de me marteler sans pitié.

— Honnêtement, Samuel, si je pouvais te donner une autre chance, une nouvelle vie, je le ferais sans hésiter.

Qu'est-ce que j'ai fait pour mériter ça ? Ses mots me déchirent, me broient, et je ne comprends plus rien. Elle n'était qu'une étrangère avant 22h, et maintenant, elle est devenue une déesse cruelle, décidant de mon sort d'un simple claquement de langue. J'ai l'impression d'être broyé sous son regard, réduit à un rien. Je veux juste pleurer. Je ne veux plus être là. Je veux disparaître, fuir loin de cette nuit sans fin. Ses paroles résonnent encore dans mon crâne, frappant sans relâche, et je me sens accablé, comme un navire sur le point de sombrer.

— Laisse-moi, Leyla, je t'en supplie… Laisse-moi partir.

Ses mots résonnaient encore dans ma tête, un écho qui me rendait fou. J'étais à bout, incapable de comprendre comment la situation avait dégénéré si vite. J'essayais désespérément de me défendre, mais chaque mot qui sortait de ma bouche était aussitôt balayé par sa colère.

— Leyla, attends…

— Non, Samuel. Y'a rien à attendre. T'as jamais rien à dire de toute façon. Tu penses être important, mais au fond, t'es juste un pion dans ce jeu. Un pion qui n'a aucune idée de ce qu'il fait là.

Je voulais partir, mais mes pieds restaient ancrés au sol. Une part de moi voulait croire qu'elle avait tort, que je pouvais encore renverser la situation. Mais plus elle parlait, plus je réalisais que je n'étais qu'une pièce dans un puzzle que je ne contrôlais pas. Finalement, je fis ce que je savais faire de mieux : je tournai les talons et partis, mon esprit englué dans un brouillard épais. J'aurais voulu comprendre, trouver des réponses, mais tout semblait s'effondrer autour de moi.

Il ne restait que le bruit de mes pas dans cette ruelle sombre, et derrière moi, la voix de Leyla, acide, me lançant une dernière pique.

— Fuis, Samuel. C'est tout ce que tu sais faire… Arrête...

Qu'est-ce que je suis censé faire ? À la base, je devais aller retrouver quelqu'un que je connais, et je me retrouve à dormir chez une inconnue. Je suis perdu. Que va penser Mina si je dors chez une autre fille ? Une trahison ? Que va penser Jack ? Va-t-il croire que je suis mort ? J'ai tellement peur, je n'aime pas ça du tout. Nos discussions n'ont même plus de sens, je parle pour ne rien dire, mes objectifs se dissipent. Elle me gave, cette fille. Laisse-moi vaquer à mes occupations. Elle m'a kidnappé, il n'y a pas d'autres mots, et maintenant je dois aller m'occuper de mes affaires. Elle est juste la source de mes perturbations. J'ai besoin d'un rythme, d'une routine, d'un cycle. La dernière fois que c'était comme ça, c'était avec Mina, et j'avais adoré. Je parle de routine, non pas comme d'un synonyme d'ennui, mais plutôt de *safe place*, un petit coin de repos. Je n'ai pas envie d'avoir ce même sentiment avec une autre. Je ne veux pas revivre cela pour ensuite me rappeler de ce que j'ai perdu. Ce serait pire qu'une trahison. Je n'ai pas envie de me sentir confiné, et je n'ai certainement plus envie de rester ici. C'est suicidaire.

— Leyla... dis-je alors.

— Oui ? me répondit-elle, déjà quelques pas devant moi.

— Je dois vite partir. Ma mère va s'inquiéter...

— Mais tu as dit que tu ne savais pas où...

— Salut.

Je me relève et prends la direction opposée. Je suis livide.

Je ne sais plus quoi faire, ni où aller. Je marche simplement.

J'entends Leyla...Je ne me retournerai pas. Je n'entends pas ses pas courir derrière moi pour me retenir.

Peut-être qu'elle ne tenait pas vraiment à moi.

Peut-être que ce n'était que de la sympathie, peu importe.

Je m'en fiche.

Et si ça se trouve, elle avait une pièce tapissée de plastique, elle m'aurait accueilli nue, une hache à la main, et m'aurait trucidé, déchiqueté, décortiqué, vendu.

Tel aurait été mon destin.

J'en sais rien.

Ce moment de ma vie, depuis qu'elle m'a parlé, n'aura été qu'un pur instant de flou, aussi simpliste soit-il…

L'autobiographie

Je déteste faire attention à moi, mais face à elle, je ne pouvais que vouloir m'enfuir. J'ai fait attention à moi pour une fois. Je n'aime pas trop d'ailleurs. Je me souviens de mes derniers cours avant d'être, comme au début, en classe, ou bien même simplement d'avoir été un braqueur. Un moment de cours à la FAC, celui de mon ancien professeur de Lettres, Monsieur Fournier, m'avait marqué. Oui, j'ai fait des études après le baccalauréat... Je me sentais comme chez moi avec lui. Un de ces cours s'agissait de l'autobiographie. Ce prof faisait attention à moi.

Parler de moi, ça me ramène souvent à cette idée du genre biographique. C'est comme si, inévitablement, je me retrouvais face à l'écriture de ma vie, comme si c'était une fatalité. Écrire, c'est un peu comme se regarder dans un miroir, se penser à voix haute, mais surtout, c'est être obligé de faire face à cette version de moi qui change tout le temps. Le *je* qui écrit, celui qui prend la plume (ou le clavier), n'est jamais vraiment le même que celui qui a vécu toutes ces expériences, ces émotions, ces sensations. Il y a comme une distance, un gouffre parfois, entre celui qui raconte et celui qui a vraiment vécu les choses.

Prenons le journal intime, par exemple. C'est un peu un reflet de cette immédiateté, cette proximité entre ce que je vis et ce que j'écris. Dans un journal, je mets mon *je* sur le papier au jour le jour, encore immergé dans mes sensations, mes émotions. Je ne prends pas vraiment le temps de tout analyser, c'est brut. Il y a une sorte de sincérité désarmante dans cet exercice, où je me laisse aller, laissant ma plume suivre le flot de mes pensées, de mes désirs, sans forcément essayer de tout ordonner.

L'expérience humaine, c'est complexe, et je dirais qu'elle tourne autour de trois éléments essentiels : la sensation, les sentiments et la capacité à donner un sens à tout ça. En écrivant, j'exprime ce que je ressens sur le moment – c'est la sensation –, je mets des mots sur ce que cette sensation déclenche en moi – ce sont les sentiments –, puis, à travers la réflexion, j'essaie de comprendre ce qui m'arrive, ou du moins de tirer une leçon de tout ça. Mon journal devient alors un miroir : un endroit où je peux me réfléchir, observer qui je suis et qui je deviens. Chaque page tournée est une nouvelle couche de réflexion, une accumulation de moments où je prends conscience de moi-même.

L'autobiographie, c'est un autre niveau. Ce n'est plus juste capturer un moment de pensée ou d'émotion ; c'est un retour sur soi, une réinterprétation du passé à la lumière de ce que je suis devenu. Là, je prends du recul et j'observe mon parcours comme si c'était celui de quelqu'un d'autre, j'essaie d'organiser tout ce flux d'expériences pour en tirer un sens. Je ne me laisserais plus kidnapper dans des ruelles sinistres... Il y a deux *je* distincts ici : le *je* narrant, celui qui écrit et réfléchit sur sa vie, et le *je* narré, celui qui a vécu les événements. Le *je* narrant, c'est celui du présent, qui a un peu de sagesse, tandis que le *je* narré est souvent naïf, pris dans le moment. L'autobiographie devient donc un dialogue entre ces deux *je*, l'un qui cherche à comprendre ce que l'autre a vécu, à donner un sens à ces moments qui ont façonné mon identité.

C'est comme ça que l'autobiographie me permet de construire une image de moi à travers le temps, une narration de mon identité où chaque événement, chaque émotion, devient une brique dans cet édifice. Enfin, je parle, je parle, mais je n'écris pas, et je ne sais pas pourquoi je dis tout cela. Au final, je suis toujours autant paumé sur cette foutue île...

Mais attention, cette reconstruction n'est jamais neutre. Le *je* narrant peut parfois voir le *je* narré comme naïf, et vice versa. Ce processus est aussi une tentative de convaincre le lecteur qu'un récit, même s'il est subjectif, contient une vérité. Mais quelle vérité ? Celle du moment ou celle que l'on recompose avec le temps ? C'est cette tension entre le mensonge et la vérité qui donne toute la force, mais aussi la fragilité, à l'autobiographie.

Les mémoires, c'est un peu un mélange entre l'intime et le collectif. Ici, je ne suis plus juste un individu qui raconte son histoire, je deviens aussi un témoin de mon époque. Les mémoires cherchent souvent à situer la vie dans un cadre plus large, celui de la société, des événements politiques ou culturels. Dans ces récits, je me fond dans la foule, je deviens une partie d'un tout plus vaste. Mon histoire devient alors l'occasion de questionner non seulement mon identité, mais aussi celle de la communauté à laquelle j'appartiens. C'est une manière de construire une philosophie de l'histoire à travers mon regard.

Enfin, l'autofiction, c'est là où ça devient intéressant. Je joue avec les codes de l'autobiographie, mais je le fais en les détournant. Je me raconte à travers un personnage fictif, un *alter ego* qui porte un peu de mon expérience sans en être le double exact. Ce roman autobiographique se présente clairement comme une œuvre de fiction, mais il dévoile en même temps des bribes de vérité sur ma vie. J'emmêle les fils entre vérité et mensonge, entre réalité et invention, et je laisse le lecteur démêler tout ça. C'est être sadique oui.

Si je me souviens bien des paroles de Monsieur Fournier, l'identité, au cœur de ces écritures de soi, vient du mot latin « idem », qui veut dire « le même ». C'est une idée paradoxale : je reste le même à travers le temps tout en étant en constante transformation. Dans l'autobiographie ou l'autofiction, je me définis comme cet individu unique façonné par mon histoire personnelle, mais aussi comme un être social, qui appartient à un groupe, à une communauté, à un genre. Ces genres, du journal intime à l'autofiction, me permettent donc de réfléchir profondément sur la construction de mon identité, sur la façon dont je me perçois, dont je me raconte, et surtout, sur la manière dont j'interprète mon existence à travers le filtre de la mémoire, des sensations et du langage.

Écriture mutilée

Quand ~~j'écris ou q~~ue je cherche de ~~l'~~inspiration, je deviens insupportable avec mon entourage. Pourquoi ? Je ne sais ~~pas vraiment, et je ne vais pas m'efforcer de~~ condenser mon idée en dix pages. Écrire, c'est une forme d'auto-mutilation. Je puise au plus profond de moi-même pour en extraire quelque chose de concret. Tout ce que je pourrais dire en un claquement de doigt serait soit futile, soit insuffisamment maîtrisé. Il faut travailler intellectuellement pour que cela mérite d'exister. Hors des dialogues scientifiques, tout ce que je veux dire, c'est que je ne veux rien admettre sur un coup de tête. Pourquoi les gens affirment-ils qu'une équation est correcte ou non ? Sans doute parce qu'ils suivent eux-mêmes une sorte de dogme, comme si la science était une religion. Au fond, on prétend savoir, alors qu'on devrait plutôt dire qu'on pense ou qu'on croit qu'une suite logique est correcte. C'est un ensemble de choses généralement admises : ça et ça font ça, donc c'est ça, point final. Et c'est sur ces bases à la fois abstraites et paradoxalement impersonnelles et subjectives (pas objectives) que repose le reste de nos connaissances. On s'enfonce dans un amalgame de vérités potentielles, de faussetés potentielles, de possibilités potentielles, et vous me direz que j'ai tort en vous appuyant sur des idées qui ne sont ni les vôtres, ni celles de ceux qui les ont créées. Elles découlent plutôt d'un égocentrisme et d'une absence de résilience qui se sont imposés d'eux-mêmes, une sorte de paresse intellectuelle, car à l'époque on ne pouvait pas aller plus loin, et c'est encore le cas aujourd'hui.

Écrire, pour moi, bon vieux ~~Samuel~~ que je suis *hein*, c'est me remémorer des événements traumatiques pour en faire quelque chose qui soit également traumatique, soit joyeux. J'inverse les sens quand j'écris, je les dérègle, et j'en suis maître. Je fais ce que je veux. J'essaie même d'être en avance sur moi-même, comme Rimbaud l'évoquait avec sa "liberté libre" : tout faire à toute vitesse, toujours être en avant, toujours fuir vers autre chose, vers l'ailleurs. Si je dois fuir dans une autofiction, pourquoi pas. Je n'aime pas la ville, d'ailleurs. Je ne sais pas pourquoi j'y suis. Il y a trop de pollution, et les humains y sont trop fades, trop critiques. Je les hais. Je n'aime pas les humains, mais je m'aime. Et comme je m'aime, je cherche à me mutiler, à creuser au plus profond de moi pour trouver quelque chose qui ressemble au Ça avec un grand "C". Mes pulsions, mes angoisses, mes fantasmes, je les fais vivre, je les manipule, et je me manipule moi-même. Je n'ai jamais aimé braquer, et pourtant je prétends que cela fait partie de ma vie. Mais qui suis-je vraiment ? Un amalgame des conséquences des autres sur moi. Vous avez créez un alter-égo. Quand je parle aux autres, après avoir tout raconté, je me sens stérile et ivre. Je n'ai plus goût à rien, comme si on m'avait craché dessus, et je perds tous mes sens. Écrire, ça fait mal, mais j'aime ça. Je peux parler de ce que je veux, avec une profonde liberté emprisonnée dans les barreaux des mots, de la langue, et, comme si on n'attendait qu'elle, de la morale. La liberté d'expression est si pressée qu'elle en devient stérile ; l'âme, si exploitée, en devient morte. Mais mon âme de petit braqueur insignifiant et irréaliste renaît quand j'en parle, quand je pense. J'aimerais ne pas penser, ainsi je ne souffrirais pas et je pourrais enfin m'accorder une vie tranquille. Mais notre cerveau élabore des pensées, des souvenirs, des actions en permanence. Il tourne à plein régime tout le temps, même au repos ou en sommeil, et même dans les cas les plus extrêmes, comme lors d'un coma. En fait, le seul moment où le cerveau ne pense pas, c'est quand il est mort. Pour Platon, penser, c'est dialoguer avec la raison (encore faut-il qu'elle soit raisonnable). Mais personne n'est réellement raisonnable. Cette personne qui est à la fois quelqu'un et personne. On est noyés dans nos pensées, pensées qui forgent nos mots, nos mots qui forgent les pensées. C'est rendre le néant personne.

Ne perds pas le nord, gamin

(flash-back)

Jack s'allume une clope, l'air pensif. Il souffle une bouffée de fumée et me regarde droit dans les yeux après l'un de nos braquages.

— Bon, Sam, on doit parler d'un truc important. Ça fait maintenant plus de deux ans qu'on se connaît.

Je le regarde, un peu surpris par son ton.

— Qu'est-ce qui se passe ? T'as l'air sérieux.

Jack écrase son mégot sous sa botte, les yeux rivés sur moi.

— Ouais, sérieux. T'avances bien, t'es plus le même que j'ai pris sous mon aile. Mais y'a un truc que t'as pas encore capté… les femmes.

Je fronce les sourcils. Ça faisait longtemps qu'il ne m'avait pas parlé de ça.

— Les femmes ? Je vois pas trop où tu veux en venir. C'est pas vraiment mon truc de m'attacher, tu sais bien.

Jack laisse échapper un rire, un peu amer.

— Justement, c'est là que t'es à côté de la plaque. Dans ton livre, t'as bien écrit sur l'amour, c'était pas mal. Pour un premier à 20 ans, y'avait du potentiel. Mais laisse-moi te dire un truc : tu les vois encore comme des poupées fragiles. Tu crois qu'elles sont délicates, brisables. Erreur.

Je le fixe, un peu incrédule.

— Attends, tu veux dire quoi ? Que toutes les femmes sont dures, impitoyables ?

Jack secoue la tête, un sourire en coin.

— Non, pas toutes. Mais celles qui ont du mordant, celles-là, tu ferais bien de les respecter et inspecter. Parce qu'elles sont bien plus directes que tu le crois. Pas aussi fragiles. Un jour, tu connaîtras une vraie rupture. Celle qui te déchire, qui te fait tout remettre en question. Et là, tu comprendras.

Je me redresse dans mon siège, mal à l'aise.

— C'est un peu extrême ce que tu dis. Elles sont pas toutes comme ça.

Jack se tourne vers moi, l'air grave.

— T'en as pas encore rencontré une qui te retourne l'âme, qui te fait voir des trucs que t'avais jamais imaginés. Celles-là, quand elles te tournent le dos, elles te laissent pas seulement dehors sous la pluie. Elles prennent tout. La maison, le chien, ton esprit. Elles t'envoient droit dans l'enfer. Faut jamais se mettre une femme hargneuse à dos.

Je hausse un sourcil, perplexe.

— Donc… t'essaies de me dire quoi ? Que toutes les femmes sont des problèmes à éviter ?

Jack secoue lentement la tête.

— Non, pas des problèmes. Mais faut savoir les gérer. Celles qui ont du caractère te rendront plus fort, si tu les comprends. Mais crois-moi, c'est elles qui mènent la danse, pas toi.

Je le regarde, un peu désorienté par ses paroles. Jack a toujours été un peu fataliste, mais là, c'était différent.

— T'as l'air d'en avoir bavé, dis-je, la voix un peu rauque.

Jack sourit, un sourire sans joie.

— C'est ça l'expérience, gamin. T'écris bien, t'as capté des trucs sur l'amour. Mais ce n'est qu'en surface. Quand tu plongeras vraiment dans le jeu, là tu comprendras. Continue d'écrire, ça te rendra plus malin. Mais n'oublie jamais : une femme peut être ta plus grande alliée… ou ton pire cauchemar.

Jack s'appuie contre le mur, les bras croisés, l'air de celui qui en a vu trop. Il reste silencieux un moment, réfléchissant, et puis il reprend, toujours avec cette voix rauque qui semble tout savoir.

— Tu sais, Sam, y'a un truc que je pige pas… Pourquoi les gens passent leur vie à essayer de tout comprendre sur les femmes et les hommes, hein ? On est là, à écrire des bouquins, à faire des films, des chansons, tout ça pour décortiquer un truc qui, au fond, est simple. Les hommes et les femmes… on se prend la tête pour rien.

Je l'observe, intrigué. Jack n'est pas du genre à philosopher, mais quand il s'y met, il balance des vérités qui restent.

— Et c'est quoi le truc simple, alors ?

Il rigole, un rire franc cette fois.

— On est des espèces différentes, c'est tout ! On passe notre temps à essayer de se comprendre comme si on parlait la même langue, mais on est comme des extraterrestres. Les hommes et les femmes, c'est un peu comme des vieux couples de planètes voisines, tu vois ? On vit côte à côte, mais on n'a pas les mêmes saisons, pas les mêmes tempêtes. Nous, les hommes, on est simples. On veut manger, dormir et qu'on nous foute la paix. Les femmes, elles… elles veulent qu'on sache tout ce qu'elles ressentent sans qu'elles aient à le dire.

Je ris malgré moi, Jack a cette manière de balancer des vérités brutales avec un humour qui fait mouche. Il n'est pas méchant, je le sais, et il ne pense pas non plus tout ça.

— C'est pas faux, dis-je en souriant. Mais c'est pas toujours comme ça, si ?

Il hausse les épaules, l'air de dire que ça, c'est la vie.

— Non, pas toujours. Mais la société nous colle des rôles. Le mec doit être fort, protecteur, et la femme, douce, compréhensive. Tu sais quoi ? C'est des conneries. L'homme et la femme, c'est bien plus complexe que ça. On se fout des étiquettes. On est des foutus casse-têtes ambulants. Parfois, c'est nous les sensibles, les paumés, et parfois c'est elles qui sont là, fortes, à tenir les rênes. Mais… on passe notre temps à jouer à un jeu qu'on comprend même pas. T'as remarqué ? Dans chaque couple, y'a cette espèce de dynamique, genre *qui est le patron ici ?*

Il sourit et allume une autre cigarette. Il fait un geste dramatique de la main, comme un acteur de théâtre, et dit avec un éclat dans les yeux :

— Et spoiler alert, gamin : c'est JAMAIS toi. Même quand tu penses l'être.

Je secoue la tête, amusé par sa manière de voir les choses.

— Donc, t'es en train de dire que l'homme est juste un pantin dans tout ça ?

Jack rigole, un rire franc et sonore.

— Pantin, c'est un peu fort. Disons… qu'on est les seconds rôles dans une pièce où les femmes tiennent la vedette. Et encore, même quand elles ont l'air de te laisser la scène, c'est elles qui tirent les ficelles en coulisses. Mais tu sais quoi ? C'est pas grave. C'est pas un concours. On est là pour se compléter, pas pour se battre pour le même rôle.

Il prend une grande inspiration, regardant le ciel comme s'il s'attendait à une réponse divine. Puis il ajoute avec un sourire en coin :

— Mais je te l'ai dit, gamin : fais juste gaffe à pas te retrouver dans le mauvais rôle. Si t'as une femme qui te dévore tout cru, tu risques de te retrouver à bouffer des macaronis froids en pleurant sur le canapé. Et crois-moi, j'ai vu des mecs dans cet état. C'est pas beau à voir. Et c'est dégueulasse les macaronis froids.

Je ris, et je me pose la question :

— T'as vécu tout ça, hein ?

Il acquiesce, l'air plus sérieux maintenant.

— Oh que oui, j'en ai vu de toutes les couleurs. Des ruptures, des disputes qui duraient des jours, des silences glacials où tu peux entendre une mouche voler… C'est la vie. Mais la clé, Sam, c'est de pas chercher à tout comprendre. C'est là que les hommes se trompent. On veut des réponses, on veut résoudre les femmes comme des énigmes. Mais on peut pas. Tu vis avec, tu apprends à naviguer dans le chaos. C'est ça, le secret.

Il se redresse, écrasant sa cigarette sous sa botte, et me regarde droit dans les yeux.

— Et si jamais tu trouves une femme qui te fait sentir vivant, qui te pousse à devenir meilleur, accroche-toi. Pas parce qu'elle a besoin de toi, mais parce que toi, t'as besoin d'elle.

Je reste silencieux, absorbé par ses paroles. Jack parle de la vie comme personne d'autre. Il est brut, direct, mais tellement juste. Il me donne l'impression d'avoir toutes les réponses, même si, au fond, je sais qu'il improvise au fur et à mesure.

Il finit par se lever, me tapote l'épaule et, avec un clin d'œil, dit :

— Allez, gamin, prends des notes et une cigarette. Un jour, tu verras que j'avais raison. Mais en attendant, écris-moi un autre de tes bouquins et fais-moi rêver. Juste… évite de te faire bouffer tout cru par une femme, d'accord ? Ne perds pas le nord s'te plaît. Je veux que tu restes toi même…

Jack respire un grand coup avant de continuer :

— … fiston, ahah je déconne !

Pour quoi, au juste ?

    Alors oui, après ça, vous imaginez bien que ma vision de la femme a changé. Au final, nous sommes tous humains. Tous gentils, tous méchants. Le monologue de Leyla me laisse encore une boule énorme dans la gorge. Je marche depuis pas mal de temps maintenant, et je ne sais pas ce que je veux faire pour changer. Je regarde à travers les vitres d'un magasin fermé depuis belle lurette et j'aperçois une horloge qui indique 2h15 du matin. Qu'est-ce que je parle beaucoup, moi... En tous cas, avec le temps, je me suis bien éloigné de cette folle, et je ne saurais même pas dire si je la déteste... Elle avait sans doute ses raisons... Toujours aucune trace de Jack et de Mina, toujours aucun plan à suivre, toujours rien. Je n'imagine même pas à quoi ressemblerait le livre qui devrait parler de mon histoire ; les gens seraient surpris d'avoir acheté un livre aussi vide. Les auteurs, eux, peuvent dire que leur livre est un chef-d'œuvre, mais est-ce si crédible de dire cela ? On y croirait ? On s'en fout.

Je ne sais même plus si j'ai école demain. J'ai fini les cours il y a environ huit heures et si je commence demain à huit heures, je ne vais pas assumer mon mental. Si je dors en cours, la prof attardée avec son arme va bien me faire comprendre que j'aurais dû plus dormir. Je vais essayer de dormir quand même, pour demain. Est-ce qu'au final j'ai envie d'y retourner ? Je ne sais même pas si Mina et Jack y sont. Je ne reconnais plus rien d'où je suis : plus un bâtiment, plus un arbre, je me suis vraiment perdu, et l'angoisse de retourner en arrière me freine déjà. D'ailleurs, je ne sais même pas si je voudrais y retourner, ni si j'y arriverais à retrouver mon chemin. Le brouillard a certes fini de passer, mais j'aurais bien besoin d'aide pour m'orienter. Foutu chemin de merde... Chemin, route, boulevard, voyage, conduit, et que sais-je encore ! Je suis perdu. Je prends toujours mon téléphone avec moi et je suis bien content, car c'est la seule chose qui me permet de garder contact avec les autres sans trop me dévoiler.

Eh ! J'en ai marre de ces pop-ups incessants pour des publicités douteuses ! C'est quoi encore ça ?

"Bienvenue dans le monde fantastique de Toudi ! Une petite souris au corps bien dodu, n'aimant manger que du bon fromage. Cette souris, ayant un pull blanc avec des rayures de couleur bleue, sera à la hauteur de vos attentes.
Comment résister à sa bouille si mignonne, son nez en forme de petit bourgeon de fleur à peine en train de voir le jour et ses petites jambes lui permettant de bondir aussi haut qu'elle le souhaite ! Sa queue, magnifiquement reliée à son corps, n'hésite pas à faire quelques farces à ses amis.
Cette peluche est une porte vers la magie des enfants ! J'aime les enfants, vous savez ? Leurs rires créent en moi des palpitations si excitantes que je souhaite que Toudi, notre plus belle peluche jusqu'à ce jour, vous soit offerte pour votre anniversaire ou que sais-je encore ! Cette souris

malicieuse mais irrésistible est le meilleur moyen de permettre à votre enfant de dormir paisiblement. Eh oui, notre cher petit mammifère, extrêmement adoré des plus jeunes, possède dans son petit corps rond une boîte à musique, lui permettant de relaxer et d'anesthésier vos enfants ! Notre ami, avec ses oreilles rondes, pourra en plus écouter, tel un baby-phone, votre enfant ! Est-il en train de faire un malheureux cauchemar ? Est-il en train de ne pas dormir et de vous désobéir ? Est-il en train de… Vous le saurez grâce à ses capacités d'enregistrement infaillibles et à ses yeux caméra microscopiques ! Oui ! Ceux-ci captent même dans le noir ! Quel magnifique Dipodidae ! Vous allez l'aimer, j'en suis convaincu.

Pour seulement 6,99 euros, vous pourrez vous procurer Toudi dans tous vos supermarchés ou directement sur le site : https://www.toudi-co.com/fr/173-tout-dit.

Ou si vous souhaitez directement aller voir notre entreprise et vous procurer le produit, voici nos coordonnées :
-63.048067, -60.959116

En espérant vous voir très bientôt ou que vous vivrez mieux grâce à sa rencontre !

Process.co"

Sans déconner ! Je ne suis plus un gamin !

— Hey salut frééééro !

Je jette un coup d'œil derrière moi et j'aperçois un groupe de trois individus, probablement ivres. L'un porte une chemise à moitié ouverte, l'autre a la braguette défaite, et le dernier arbore une cravate enroulée autour de la tête. Il aurait pu choisir un nœud papillon, c'est plus classe, mais bon... ce n'est pas vraiment le problème.

— Tu fais quoi ici si tarrrd là... là soir !? me gueule l'un du groupe d'une voix traînante.

— Rien, rien, je me baladais, mais je suis proche de chez moi, je suis presque arrivé.

Mon œil. Je cherche juste à me dégager de ces types dépravés, mais ils ont l'air bien décidés à me coller encore un peu plus.

— HEY !! T'es trop drôle, héhéhéhéhé ! Viens avec nous mon pote ! On va... à une boîte de nuit ! lâcha-t-il en titubant.

— Ça va être le feuuuuu, wesh ! ajouta un autre du groupe, tout aussi éméché.

— Non, non, ça va pas être possible, vraiment désolé.

— Oh, fais pas ta pute, wesh ! T'as quoi là ? Amuse-toi, décoince ton balai du cul !

Il a pas tort des fois...

— Non, désolé.

J'essaie de fuir, mais je n'y arrive pas. Ils m'ont encerclé. J'ai beau tourner dans toutes les directions, j'ai toujours l'un d'entre eux dans mon champ de vision.

— ALLER VAZY !!! hurle celui qui semble être le leader du groupe.

— ARGGHHH !!! aboyais-je en me tordant de douleur.

Je sens subtilement, mais violemment, une longue pointe me transpercer la cuisse, traversant mon pantalon. C'est une aiguille, plus précisément une seringue. Ils viennent de me piquer pour me droguer, mais je ne m'en rends pas tout de suite compte.

— Qu'est-ce que vous me faites ?! Ça fait mal, bande de cons ! hurlais-je.

— Allez, ferme les yeux... relax mennnnnnnnnn.

— ...

Après un moment, je me réveille en aillant du mal à ouvrir les yeux tellement je suis à l'ouest à cause d'eux.

— Héééé, regarde, princesse ! On t'a trouvé un gars ! t'avais dit que tu voulais voir si on était cap, hein ? lança le mec bourré en titubant, les yeux vitreux.

Il désigna une fille du doigt, avec un sourire idiot. Elle était appuyée contre un mur, un verre à la main. De loin, elle avait l'air élégante, mais à y regarder de plus près, c'était le genre de fille qui savait jouer de son charme. Ses longs cheveux bruns descendaient en vagues parfaites, ses lèvres rouges formaient un sourire moqueur. Elle portait une robe noire qui laissait juste assez de peau visible pour attirer les regards, mais c'était surtout dans ses yeux qu'on pouvait voir qu'elle s'amusait de la situation. Des yeux d'un vert perçant, calculateur. Elle était là, à observer, comme une reine qui regarde ses sujets faire le sale boulot à sa place.

— Ouaiiis, c'tait ça le pari ! grogna le mec avec un rire idiot, se tournant vers ses potes. Elle a dit qu'on pouvait pas ram'ner un gars, qu'on était trop torchés pour ça ! Eh bah si, tu vois, princesse ! T'avais promis du fric, maintenant, tu payes !

La fille ne bougea pas, mais son sourire s'élargit, presque imperceptiblement. Elle laissa échapper un rire léger.

— C'est bien, les gars. Vous avez réussi. Mais... est-ce qu'il va bien se comporter, lui ? demanda-t-elle d'une voix douce, presque séduisante, en jetant un coup d'œil dédaigneux dans ma direction.

L'homme se mit à rire à nouveau, puis il avança maladroitement vers moi.

— Oh il va être sage, t'inquiète pas ! Si faut le calmer, on sait comment faire, pas vrai les gars ? lança-t-il avant de me donner une tape dans le dos.

— Ouais bon, maintenant cassez-vous, bande de cassos. Allez voir ailleurs, ordonna-t-elle d'un ton sec, son regard glacé balayé d'indifférence.

Le mec bourré ricana en la fixant de ses yeux embués.

— T'es bonne, tu sais ! balança-t-il avec un sourire stupide, espérant probablement provoquer une réaction.

Mais elle ne broncha pas, pas même un froncement de sourcils. Au lieu de ça, elle s'avança d'un pas, ses talons claquant sur le trottoir. Elle n'avait pas le temps pour ce genre de conneries.

— Donnez-le-moi et partez, dit-elle en tendant la main, ses yeux s'attardant à peine sur moi. Son ton était calme, presque ennuyé, et sous-entendait qu'elle n'en avait rien à faire de leurs remarques vulgaires. Ils n'étaient que des pions dans son jeu, des outils dont elle se débarrassait dès qu'ils ne lui étaient plus utiles.

Le mec bourré haussa les épaules, l'air de dire qu'il s'en foutait, puis se tourna vers ses potes.

— Allez, les gars. On a fait l'taf, elle a gagné son pari... maintenant, on se barre !

Ils éclatèrent de rire en s'éloignant, titubant dans la rue comme des pantins désarticulés, me laissant seul face à elle. Quand ils furent partis, elle me regarda fixement dans les yeux pendant plusieurs minutes, comme si elle jouissait de mon agonie. J'aurais pu décrire ses formes en un instant, mais son visage, lui, restait flou, insaisissable. Elle me disait tout et rien à la fois.

Pourquoi avait-elle demandé aux autres de me livrer à elle ? Je n'étais qu'un type pris au hasard dans la rue. Mais que voulait-elle vraiment ? Me faire du mal ? Je n'en avais aucune idée. Soudain, j'entendis les basses résonner autour de moi, accompagnées de sons divers, comme un mélange d'instruments mal accordés. Le volume était assourdissant, mais ça n'avait rien d'étonnant : une enceinte était à peine à une trentaine de centimètres de moi.

La boîte de nuit était bondée. Des corps se pressaient de partout, des filles dans des tenues légères, presque inexistantes, se trémoussaient sur la piste, tandis que des hommes, certains en chemise à moitié déboutonnée, d'autres en jogging déchiré, dansaient maladroitement, un verre à la main. La lumière stroboscopique, violette et rouge, créait une ambiance étouffante, presque hypnotique, où le temps semblait suspendu. Le bar, en fond de salle, était encombré de gens criant leurs commandes par-dessus la musique, tandis que sur la piste de danse, les corps se mouvaient comme des ombres au milieu de la fumée artificielle.

Malgré le chaos ambiant, après un court moment où je tentais de m'adapter à cette atmosphère oppressante, la femme me sortit de la foule. Peut-être avait-elle remarqué que, malgré tout, je parvenais encore à tenir debout et à marcher un peu. Elle me saisit fermement sous les bras et me traîna vers un coin plus isolé de la salle principale, loin de la piste de danse et du bar. En titubant, je la suivis alors qu'elle me dirigeait vers une porte au fond, à peine visible sous les lumières tamisées.

Je frôlai cette porte qui menait à un long couloir. En entrant, j'aperçus une pancarte à l'entrée, mais mes yeux flous n'en saisirent que des bribes : une silhouette féminine et quelques lettres, peut-être un E ? un O ? un X ou un V ? Peut-être même un H. Je ne faisais pas vraiment attention, trop étourdi par la musique assourdissante qui s'atténuait peu à peu, remplacée par une mélodie plus douce diffusée par des haut-parleurs discrets, nichés dans les coins du couloir. Lentement, je reprenais mes esprits. En avançant dans ce couloir, je distinguai d'autres panneaux, sur lesquels il était écrit « Vestiaire ».

Vestiaire ? Nous ne sommes ni à la piscine, ni dans une salle de sport... Qu'est-ce que c'est que cet endroit ?

— Va dedans, tu me retrouveras à la suite, déclara-t-elle en ouvrant l'une des portes d'un vestiaire et en m'indiquant d'entrer.

J'obéis et entrai dans la pièce, où des flashs lumineux provenait de LED incrustées dans le plafond. Les teintes étaient douces, mais dérangeantes : du rose, du rouge, et même du jaune. Qu'est-ce que je suis censé faire ici ? Je n'ai pas de vêtements de rechange, alors pourquoi me faire entrer dans un vestiaire ?

Mon regard se posa sur les murs, où étaient placardées des affiches de femmes hypersexualisées, allongées sur des plages ou posant lascivement dans des voitures. Juste à côté de la porte, un distributeur de préservatifs attirait mon attention, avec des emballages proposant différentes tailles, textures et même des goûts. Sérieusement, qui aurait l'idée de sucer du plastique ? Et puis... attend ! Merde ! Je suis vraiment trop con ! Putain de merde, je viens de comprendre et je commence seulement à prendre connaissance de la situation. Cet endroit... c'est une salle de « massage », entre guillemets, où on ne fait pas que des massages ! Putain, pourquoi je me suis laissé entraîner là-dedans ?

Une odeur lourde et écœurante m'envahit aussitôt. C'est un mélange indéfinissable de parfum sucré, de transpiration et d'alcool, un cocktail qui imprègne l'air au point de rendre chaque respiration difficile. Je prends une grande inspiration, mais l'air semble chargé de quelque chose de poisseux, presque collant, qui me prend à la gorge. C'est suffocant.

Autour de moi, les murs dégagent une étrange lueur. Ils ne sont pas juste lisses, ils semblent suintants, recouverts d'une sorte de liquide visqueux. Je passe ma main machinalement sur l'un d'eux, et je la retire aussitôt. Mes doigts glissent sur une matière gluante, à moitié transparente, comme de la sueur... Je ne veux pas savoir ce que c'est. Le dégoût monte en moi, me serrant l'estomac.

Des gémissements, jusqu'ici discrets, deviennent plus présents, perçant le silence relatif de la pièce. Je les entends maintenant clairement, ces cris étouffés, des voix féminines pleines de lassitude ou de souffrance. Certains sont plus graves, presque bestiaux, d'autres plus aigus, comme des plaintes désespérées. Ils semblent venir de derrière les murs, comme si les cloisons dissimulaient des scènes que personne ne devrait voir. Un frisson me parcourt l'échine. Je n'ai plus aucun doute : je suis au cœur de quelque chose de bien plus sordide que ce que je croyais.

Des bruits sourds et réguliers se mêlent aux cris, comme des coups assénés à intervalles réguliers. Mes yeux s'attardent sur une porte fermée au bout de la pièce du vestiaire, d'où semble provenir un tumulte presque inhumain. Je ne peux m'empêcher de fixer ce point. Il se passe des choses derrière ces portes, des choses que je ne veux pas comprendre, mais que mon esprit commence à imaginer avec une précision cauchemardesque.

Le sol est recouvert d'une moquette épaisse, presque trop douce sous mes pieds, comme si elle cachait quelque chose. Chaque pas me donne l'impression d'être piégé dans une mangrove, et ce tapis absorbe le moindre son. Plus loin en passant ma tête à la fenêtre d'une autre porte, une série de rideaux lourds et cramoisis dissimule des alcôves sombres. Des ombres bougent derrière, des silhouettes se pressent, disparaissent et réapparaissent sous la lumière vacillante. Tout autour de moi, des murmures indistincts flottent dans l'air, accompagnés de petits ricanements, comme si des spectateurs invisibles prenaient part à une mascarade grotesque.

Mon cœur s'accélère, battant à tout rompre. Les murs semblent se refermer sur moi, et je ressens une sueur froide couler le long de ma nuque. Comment quelqu'un peut-il imaginer faire vivre ça à une autre personne ? Pourquoi m'avoir amené ici ? La panique monte en moi, mais je suis comme paralysé par l'incompréhension. Je distingue maintenant des détails horrifiants que mon esprit avait tenté de repousser. Et moi, je suis là, pris dans ce piège sans savoir comment en sortir.

– Tu as fini ? dit la voix de la femme qui m'a attiré jusqu'ici, à travers une porte différente de celle par laquelle j'étais entré.

– Fini de quoi ? Laissez-moi !

– Fini de te désaper. De quoi te laisser ? Ah, ok, j'ai compris… Bon, j'entre.

Elle était en petite tenue avec de la dentelle rouge qui me brûlait les yeux.

Elle entra dans la pièce, avec un air déçu, comme si je ne faisais pas ce qu'elle attendait de moi.

– Comment ça, "me désaper" ? m'étonnai-je.

– À poil, quoi, tout nu, sans vêtement, tu comprends ?

– Pas comme ça ! J'ai bien compris, mais pourquoi faire ? Je n'ai pas envie d'avoir de rapports !

– Sérieux ? Attends, t'as la chance de pouvoir te faire du bien avec des nanas qui d'habitude attendent une paie des clients. Toi, t'es juste là parce que je voulais jouer un jeu avec des gars et, comme c'était pas cool de t'avoir piqué, je te fais un truc gratuit.

— Mais quoi, tu délires ! m'offusquai-je. Comment tu peux dire ça ? J'ai rien demandé ! Ni qu'on me pique, ni qu'on me touche !

— Pourtant, t'as l'air bien gaulé… dit-elle en descendant son regard.

— Mais arrête !

— T'as l'air d'avoir repris la forme, en tout cas.

— C'est pas le problème ! Respecte-toi ! Pourquoi tu veux faire ça ?

— C'est drôle, non ? Et puis j'ai besoin de fric.

— Du fric ? Mais comment tu peux faire des choses à la limite de la morale pour du fric ?

— Et toi ? Tu parles beaucoup, mais si je te retournais la question ?

— Hein ? Comment ça ?

— Laisse tomber… Bon, on baise ? me dit-elle avec une brutalité feutrée, comme pour balayer le sujet d'un revers de main.

— Hein ? Non, je veux pas ! Arrête ! Comment un endroit pareil peut exister ? Comme si le sexe était la seule chose qui distrayait les gens, même avec de l'argent ! Dans les films, les vidéos pornos, et dans d'autres trucs, c'est juste un outil pour divertir…

– T'es lourd, là, et chiant en plus…

– Oui, bah désolé si j'ai pas le moral pour ça, ok ! Tu allais me violer il y a deux secondes !

Je sentis mes larmes monter devant une inconnue, dans un vestiaire qui me mettait mal à l'aise, avec en fond sonore les gémissements d'autres personnes. Tout autour, la pièce semblait s'effondrer, comme si mon esprit ne supportait plus cette situation. Je poursuivis :

– Sérieusement, j'en ai vu des choses aujourd'hui ! Je sais même plus ce que je fous ici ! Pas juste dans ce vestiaire… mais dans cet endroit, cette ville, cette école ! Je suis complètement paumé ! Je sais pas ce qu'on me veut, ça n'a aucun sens, tout est brouillon. Ma vie ressemble à un *crash test*, bordel !

Je me mis à sangloter plus fort, incapable de me retenir. C'était trop. Tout ce que je ressentais, c'était ce poids immense. La femme restait là, à me regarder avec un air blasé, comme si mes larmes n'étaient qu'un bruit de fond.

– Désolé… Je suis désolé de gâcher ton ambiance. Désolé d'être aussi lourd. Mais j'y arrive plus… J'arrive plus à encaisser. Je suis fatigué, je suis paumé, et tout ça, cette mascarade, ça me bouffe de l'intérieur. Putain… qui a pu imaginer un endroit pareil ? Comment peut-on infliger ça à quelqu'un, le traîner dans ce genre d'endroit pour... pour quoi, au juste ? Pourquoi moi ? Qu'est-ce que j'ai fait pour finir ici ?

Je pleurais ouvertement maintenant, mes mots entrecoupés de sanglots. Tout s'effondrait. Ma tête bourdonnait, mes pensées devenaient floues.

– Je suis désolé… désolé d'être aussi pathétique… Mais j'y arrive plus. Je veux maintenant partir. Au revoir. Je connais brièvement la sortie.

Je repassai alors par la porte que j'avais prise la première fois en venant dans cette pièce qui peut déshumaniser celui qui y entre, et je réempruntai le même long couloir obscur par lequel j'étais passé il y a quelques minutes. Puisque je ne suis plus si drogué qu'avant, à croire que le produit dans la seringue n'était pas si fort que ça, je peux apercevoir des silhouettes noires à travers les fenêtres d'autres pièces. Les vestiaires étant, j'imagine, des pièces de plaisir. Ce qui veut dire que la porte qu'il y avait en plus à cet endroit devait être une salle privée pour les dames ici qui peuvent directement venir. Bref, j'aperçois des formes humanoïdes en train de se lâcher. Dès que je passe devant l'un des verres d'une des portes, des éclaboussures surgissent, accompagnées de cris. Je n'en peux plus. La femme que j'ai recalée dans le vestiaire ne m'a pas suivi. Tant mieux. J'ai envie de tout péter. J'aperçois une autre femme qui me frôle dans ce couloir si serré, en cosplay de clown, à croire que ce sont les fantasmes de certains hommes... Quand je suis ici, je me perds au plus profond de moi, à savoir si je suis réellement moi-même ici. Je passe enfin ce foutu couloir et je me retrouve dans la fameuse grande salle des fêtes où les gens, maintenant, sont quasi morts. On dirait des morts-vivants alcoolisés. La vie me dégoûte. Il n'y a plus rien d'humain ici. Il n'y a plus cette gaieté que je ressentais auparavant ; j'ai changé et je le sais depuis le temps. Je suis plus fatigué qu'avant, plus vite déprimé, et plus vite apte à péter des câbles. Je suis juste nostalgique d'avant, quand Mina et Jack étaient avec moi, quand je braquais des banques. Au final, on rigolait entre copains. C'était amical, on s'aimait vraiment. Je suis tout seul aujourd'hui, je le serai peut-être autant demain. Même si, en soi, on est déjà demain puisqu'il était environ 2 heures du matin, sûrement 3 heures en ce moment. Je m'extirpe de cet endroit. Je découvre pour la première fois, quand je sors d'ici, ce fameux bâtiment où j'ai failli perdre une partie de moi. Il est toujours aussi tard, il fait toujours aussi noir. Vous savez quoi ? Je vois au loin un espèce de parc, puisqu'il y a des arbres, un chemin et de la pelouse. On va faire comme au bon vieux temps, et je ne m'en suis jamais plaint ; je vais dormir là-bas. Au moins, je n'ai pas tout perdu...

Ne t'oublie pas, chéri

(flash-back)

Mina et moi étions assis sur son canapé, dans la maison où elle m'avait hébergé après m'avoir vu errer dans la rue. C'était le lendemain de notre soirée de braquage. Elle caressait doucement ma tête, ce qui avait quelque chose d'apaisant.

— Bon alors, bébé, comment tu te sens ? Tu as bien dormi ? demanda-t-elle d'un ton tendre en continuant ses caresses.

Je souris, légèrement gêné par son attention.

— Tout va bien, c'est drôle quand même... dis-je en réfléchissant.

Elle fronça légèrement les sourcils, intriguée.

— Quoi donc ? Demanda-t-elle.

— Que tu m'aies pris chez toi, comme ça, sans raison apparente. Tu fais ça avec tout le monde ?

Elle rit doucement avant de répondre.
— Non, qu'avec toi.

— Ah bon ? Alors pourquoi moi ? insistai-je, curieux.

— Je t'ai bien observé. T'es loin des mecs machos et lourds que j'ai l'habitude de côtoyer. Dans le gang, à la limite, Jack n'est pas comme ça, mais les autres… même le chef, ils sont hyper lourds. Tu sais, la dernière fois, j'en ai vu un baisser son froc dans la piscine, comme si c'était hilarant.

Elle secoua la tête, exaspérée, avant de continuer.

— Et puis il y a toi. Déjà avant qu'on parte pour la soirée, tu étais seul dans ton coin, pas très loin de nous, dans le grand jardin de la villa. Tu regardais quoi d'ailleurs ? T'avais l'air rêveur.

— Les arbres… et les oiseaux, répondis-je simplement.

Elle me fixa, comme si elle découvrait un trésor caché.

— Oh ! Décidément, je me demande ce qu'ils t'ont trouvé pour que tu viennes dans le gang !

— Bah eh oh ! m'exclamai-je, faussement vexé.

Elle éclata de rire et posa sa main sur ma joue pour me rassurer.

— Rien de méchant, chéri ! C'est juste que tu sors du lot, c'est tout. Et même pendant le braquage, tu pleurais. Tout le monde tirait sur la police, et toi, tu étais recroquevillé sur toi-même, tremblant comme un petit bébé.

— Mais oh ! protestai-je en rougissant.

Elle se pencha pour m'embrasser, coupant court à ma réaction.

— Tu te souviens d'hier soir, à deux, Sam ? demanda-t-elle doucement, presque dans un murmure.

Je baissai les yeux, gêné, en rougissant davantage.

— Hmmm… marmonnai-je.

— C'était ta première fois ?

— Oui… Pas toi, j'imagine ? dis-je, maladroit.

— Si, aussi. Et j'ai adoré. C'était génial avec toi.

Elle ria doucement avant de poursuivre.

— Concrètement, j'étais stressée aussi. Je me demandais si ça allait te plaire. Et pardon, mais ça se voyait que toi aussi c'était ta première fois, ahah !
Je la regardai, mi-amusé, mi-gêné.

— Alors pourquoi tu m'as posé la question ?

— Pour être sûre, répondit-elle avec un clin d'œil.

Elle se leva, s'étira légèrement, puis s'approcha de moi pour m'embrasser encore, ses mains chaudes enveloppant mes joues.

— Tu sais, Samuel, il ne faut pas avoir peur. Tout ce que tu feras dans la vie te servira de leçon. Au pire, si tu rates, tu as appris.

— Pourquoi tu me dis ça ? demandai-je, surpris par le sérieux de son ton.

Elle prit un instant, comme si elle cherchait les bons mots.

— Tu n'as pas l'air toi-même avec les autres. Ni même avec toi-même, en fait. Attends… non, tu n'as pas l'air. Tu n'ES pas toi-même. Tu essaies toujours de montrer que tu es fort ou intelligent. C'est presque mignon, parce que tu n'y arrives pas toujours.

Je fronçai les sourcils, légèrement blessé, mais elle continua avant que je puisse répondre.

— Je le vois que tu te forces. Et d'ailleurs, je crois bien être la seule à l'avoir remarqué. De toute manière, personne ne te calcule vraiment. Tu ne bois pas, tu ne fais pas de blagues lourdes. Mais… quels cons, hein ?

Je souris malgré moi, touché par sa perspicacité.

— Tu es bien la première personne à me parler de moi comme ça.

Elle se dirigea vers la cuisine, enchaînant d'un ton léger.

— Tu veux du pain grillé, Sami ?

Je ris, surpris par ce surnom.

— Depuis quand tu m'appelles comme ça ? C'est drôle.
Elle rit à son tour et continua sur un ton exagérément théâtral.

— J'en ai envie ! Sinon, mister Samuel, voulez-vous du pain grillé ou dois-je vous dévorer tout cru ?

— Oh non ! Oui, je veux bien… merci, b… bé...

Elle se retourna brusquement et imita un commentateur de sport.

— Le jeune Samuel, encore fébrile, va peut-être marquer un coup franc. Attention ! Va-t-il réussir ? Oh là là, la tension est à son comble !

Je ris, gêné, et protestai doucement.

— Moh, eh, j'ai jamais eu l'habitude… et puis désolé si je fais pitié.

Elle me lança un regard faussement menaçant et déclara.

— Le jeune Samuel va vite se prendre un poing dans la gueule s'il continue à s'excuser !

Je souris, rougissant comme un enfant.

— Merci, bébé.

Elle applaudit exagérément et s'écria.

— Il l'a fait ! C'est le Sam ! Le grand, le puissant, le meilleur !

Je baissai les yeux, touché par son enthousiasme.

— T'es quelqu'un, tu sais…

Elle posa ses mains sur ses hanches et répondit avec un sourire.

— Et toi alors ? Avec ton nœud pap', sérieusement ! Pourquoi tu ne l'enlèves pas ? On dirait un déguisement.

Je secouai la tête.

— Ça, par contre, je n'ai pas envie.

Elle rit doucement et reprit avec tendresse.

— Je rigolais, Samuel. Je sais que ça te tient à cœur.

Je hochai la tête, ému.

— Décidément, tu es vraiment gentille.

Elle s'assit à côté de moi, revenant de la cuisine avec son pain grillé, me fixant avec intensité.

— Qu'avec toi.

— Et les autres gars ? demandai-je, essayant de cacher un peu de jalousie.

— Qu'avec toi, je te dis. Tu m'écoutes ?

— Oui, oui… je suis juste un peu jaloux.

— Tant mieux ! J'aime bien.

Mina s'installa un peu plus confortablement sur le canapé, remontant ses genoux contre elle. Elle me regarda puis posa doucement sa main sur mon épaule.

— T'sais, Sam, tu réfléchis trop, dit-elle en souriant. Toujours à te demander si t'es à la hauteur, si tu fais bien. Mais moi… moi, je t'aime comme t'es. Pas besoin d'en faire plus, tu comprends ?

Je baissai la tête, un peu gêné.

— C'est pas que j'veux en faire trop… soufflai-je. C'est juste que… des fois, j'me sens pas assez, pour toi, pour le reste…

Elle fronça légèrement les sourcils, avant de tapoter doucement mon nez du bout de son doigt.

— Eh ! Pas assez, c'est dans ta tête, ça. Si t'étais pas assez, tu crois que je serais là, à t'embrasser, à te faire du pain grillé, à te faire l'amour et à te coller comme une petite moule ?

Un sourire m'échappa malgré moi.

— T'es pas une moule, Mina.

— Non, mais j'suis là pour toi, et je te lâche pas, chéri, répondit-elle, son regard devenant plus sérieux.

Elle s'assit en tailleur face à moi, posant ses mains sur mes genoux. Elle est au sol.

— Ne t'oublie pas, chéri. Ça, c'est hyper important. Parce que si tu t'effaces trop, juste pour plaire aux autres ou pour éviter de faire des vagues, tu finiras par plus savoir qui t'es. Et moi, je veux que tu sois Samuel. Mon Samuel. Celui qui regarde les oiseaux et qui pleure au milieu d'un braquage. Pas parce que t'es faible, mais parce que t'es humain.

Je la regardai, ses mots m'atteignant en plein cœur.

— Tu crois que c'est ça que je fais ? demandai-je doucement.

— Bien sûr que oui, répondit-elle avec un sourire en coin. Regarde-toi, toujours à t'excuser, à essayer d'être parfait pour tout le monde. Mais t'es déjà parfait pour moi, alors arrête de te prendre la tête.

Elle se pencha vers moi, déposant un baiser sur ma joue, avant de reprendre, d'un ton plus léger :

— Bon, et maintenant, monsieur le philosophe qui pense trop, on mange ce pain grillé avant que je devienne une vraie moule en attendant !

Je ris doucement, touché par ses mots, et hochai la tête.

— Merci, Mina.

— Toujours là pour toi, chéri, dit-elle en souriant, avant de se lever pour retourner à la cuisine se refaire un pain grillé.

Elle me dit pour finir :

— Tu sais, le « Je pense donc je suis », bah là avec toi c'est « Je pense trop donc je suis moins ».

−..−− −... . −−. . .−−−− .. −− .−− .. .. −.. .−.. ... − −− .. .−−. . .−. −.−. −−− −− .−−. .−.. .−−.− − . −− . −.− −
.−.−.−

. −. ... .−− .. − . −−..−− −.−. . − − . .−. ..−.. .−−. . .−−. .
−..− .. −−− −. −− −−− −. −− .−−. . ... −.. . .−. . .−. .− −. ..
−−− −. .− −− −...− .. −−. .− − . .−. ... −... −−− −. .... . .−−
.−. .−−..− .−−. .−−−−−. .− ..− − −− . .−− . ... −−− −... .−−. . .
. −. −. −. . −. . .−. . . −− ...− .−.. .−− .. . −− .−−. .. −.−.
. . −. ...− . . .−−. ... .−.. .− ... .− − .. ... .−. .. −−. −− −−
−− −. − −−− − .− .−.. . −−..−− −.−. . −−. −− −− . ... ..
.− −. .−.. −−− −. −−.. . −−−. .− −−.. .. ... −−− .−.. ..
.−−−−. ..−−.. . −. .. − .−. .− .. . − −.− −.. − ... .−. . .−− −
−.−− .... −−− .. .−.. . ...−. . .−.. . −.−.−. ..
.−.. ... .−−−− .− −−. .. − −.. .−−−−. ... −. − .− .−−. .−
−. .−−. −−− −.−. .−− .− − −.−. ... − . .. −. .... . −− .−− ..−..
.− −. −.−. −−− .−−. .−.. .. ..−−.. −−− −−− ... −.. .−− −−−. −−.−−
..− .. .−−. .. −.−. .−−. . . ..−.. −− −−− −. − .. −−− −. −. .−..
−. .−−−−. . ... − −.−. .. .−. −... . −.−. −−− −−− −− − .
.... .− − .− −. −−.− .− −. . .−−. . .−−. .−. .− −− .−−. −. .−−−−−
.. .−−.. . .... − .−− . ... .−−. . .−. .. .. −− .−−. . .−−−−−
− .− −− − . − .−. . −−−−.. .− −− .. −−−. ...−−. ... −−− −− −− .
.... − .− − .−. .. −−−. . .−.. ... −. ... .−. . ...− −−−−−
..−.−... ..... −−. .− . .−− −−−. −−. .− .− . .−−−. .−−. ... .−.−−−
−..−. .− −.. . .−. −−− ... .−. . . .−.. .. .−−−− . .−. −−−. −−−
−. ... −−− . . .. −. . .− −. .−. −. . . .−−−. . .−−− −−. ... −.−
−. .. .−. .. .−.. . ... . −−. . .−−− .−− .. −. .− − ... .−
... . .−. −− .. .− .. ..−−.. . . .− −−. . −. − −.. −−− −−. −−− −−− −
.... − .− .− − .− −−..−− −−− −. ... .−− .. − − −.−. −−. − −.−−−− −−
.. . .−. ... . −.−−.−−..− .− . .−− .−.−− .. −−−.−−. −−. − .− −−..
−.− ....−. .−. −−− −. − − .− −.. . . .−−−. .. .−−− −− −..
.. .− −. .− .−−. .− .−. ..−.. .−− −− −−− −−. ... −.. ..−. −− −
−...− − −− . −−. . . .−.. . −−− ... −− . .−. .. −−− .−.. ... .−−
.−. − .. − . .−. ... .− −−−.−− ... −. . .. .−−−−−. .... −. .− −
.−− .− .−..−− ... −. −. −... −− −−− −− −.. −− −−.. −.−.−
−.. −.−. .−.−. −.. .. ..− .−.−− .−−. .−−.− − . ...
−−− −. − .− −. .−−−.. . ... .−−. .−−. .. .. .−. .. −−− .−.−−.
−.− −. − − − . . .−−−−.. ..−−. .−−. .−−−− . .−. . −−..−−

—·—· · — — · ···—· ·· ··· ·· ——— —· ··· ·—· ——· —— ·—·—· ·—· ·
——·— ··— · ·—·· · —··· ——— —· ···· · ·— ·—· ·—— ·— ·—· ·
··· — — ·—· ——— ·—·· ·—·· ·· ··· ··· · ——·—·— ·—— ·—· · ···· —
—·— ··— · ·—·—· ·—· · ·— ·—· ——·—— ·— ·—·· ——— ·—· ··· —
—·— ··— · ·—·· ·— —·—· ·· ··· — · ··· ···· · ·—— ·— ·—— ——
··— — · ·—·· · ·—·· ·— — · ·—·· — ·— ·—· · ——·—·— ··— —· ·
··· ——— ·—· — · ·—·· · ·—·· ·—·· ·— ·—·· ·· ··· —· · ——·— ·—· ··
——·—— ·—·· ·— ·—· ·— —·· ——— —·— ·— ·—·· · —— · —· — —
—··—— ·—·· · ·—· · —· —·· ·—·· ·—·· ·— ··· ··· ·— — ·· ··
··—·— ·· ·· ··· ·— —· — ·—·—·—

cent cent cent cent cent cent cent cent cent bientôt plus

· —· ··—· ·· —· ——·—— ·—·· ·————· ·· —·· ··—·· · —·· ·————·
· — ·—· · ·—·—· —·—· ···· ·· ·— —· — ·—·—· ——— ··— —·· ·—
——·—— —·· ——— ·—·· — · ·—· —··· ··· ·— — —· ·— ·—— —·· · ···
——·— ··— ·· ·—·· ——— ·—· ·—· ·—· ·— ·· · —·—· — —·· ·—·· ·—·
·— —·—·—· ·—· ·—·· · ·— ·—— — ·—·· ··· ·—·· ——— ·—— ·—·
·—· ·— ·· — — ·—·· ·— ···· ·· —·· ·—— —· —··· ··· · ··· ——— ·· —·
—·· · ·—· · —·—· ——— —· —· ·— ·· ··· ··· ·— —· —·—· · ——·—·—
——— ··— —·· ··— —— ——— ·· —· ··· —·· · ··· ·· —· —— ·—·
·—·· ·— ·—· — ··—·· ——·—·— —— ·— ·· ··· —·· ·————· ··— —·
· ··—·· ·— —·—·— ——— —· —· ——— —· —·—· ——— —· ··—· · —· —
·· ——— —· —· ·—·· ·—·· · ·—·—— ·— ·— ·—·· ·· · ··— —·· ·
·—· ·—·—· ···· · ·—· —·—· ···· · ·—· ·—·· ·————· ·— ·—·· ·—·
·—· ——— —·— ·— ·· ··· ——— —· ——·—— ·—·· ·————· ·— ··· — ·
··— —· ···· · ·—· ·· ·· ·— ·· — · ·· — —·· ·————· ··— —·· · ·
·—·—· ——— ··· ·· — ·· ——— —· —· ·— —— —··· ·· ——· ··· ·————·
·—·—· ·— ·—· ···· ——— ·· ··· ···· ——— ·—·· ——— —· — ·— ·· ·—·
· —— · —· — · —· —— ·— ·—· —— · ·—·· ·— ·— — —· —· ···
··· ——— —·—· ·· ·— ·—·· · ··· ——·—·— —·—· · —·—·— ··— ·· ·—·
··—·— ···· ·—·—— ·—·· · ··— —· —· ·—·· ··—·· ··· ·· ·—· —·· ·————·

J'en fais quoi ?

– J'en fais quoi ?

– Je ne sais pas... Montre un peu.

– Tiens.

Lui montre.

Les échos du désir

La pièce était un sanctuaire, baignée d'une lumière sépulcrale, douce et complice. La lune, gardienne des secrets, jetait sur leurs visages une clarté diaphane. Les heures semblaient suspendues, comme si le monde entier s'effaçait devant eux. Le silence était une mélodie que leurs souffles orchestrés venaient troubler.

— Pourquoi me fixes-tu ainsi, comme un songe lointain ?
Tes yeux percent mon âme, et je m'y perds enfin.

— Je te contemple, car tu es un mystère,
Un éclat éphémère, mais infini sur terre.

Une main s'éleva, hésitante, presque tremblante, puis glissa doucement sur une joue satinée. La caresse était une promesse silencieuse, un vœu qui ne pouvait être brisé. Un frisson courut sur la peau, léger comme un vol de papillon.

— Ton toucher m'enflamme, il trouble mes pensées,
Chaque frôlement de toi m'entraîne à chavirer.

— Et pourtant, je n'ai fait que t'effleurer,
Imagine ce que je pourrais te donner.

Les mots s'éteignirent, remplacés par un silence chargé. Les lèvres se frôlèrent, hésitantes, timides, comme si elles redoutaient l'abîme qu'elles s'apprêtaient à explorer. Puis vint le baiser, lent, profond, une union où le temps lui-même sembla se dissoudre.

— Ton goût est une fièvre qui brûle mes veines,
Et je m'abandonne à cette douce peine.

— Chaque baiser est un serment volé,
Une vérité que mon corps veut crier.

Les doigts glissèrent, explorant des courbes délicates, traçant des sentiers secrets sur une peau frémissante. Les ombres sur les murs dansaient une chorégraphie muette, témoins silencieux de leur alchimie brûlante.

— Ta peau est une soie que mes mains découvrent,
Un trésor enfoui que ma passion recouvre.

— Et ton souffle, un ouragan sur mon échine,
Un appel sauvage, une vague câline.

Les corps se rapprochèrent, s'enlaçant dans une étreinte qui transcendait le langage. Une main effleura une clavicule, descendit lentement, éveillant une symphonie de frissons. Une chemise glissa au sol dans un bruissement imperceptible, laissant la chair à nu, offerte à la lumière lunaire.

— Je te veux tout entière, chaque ombre, chaque lumière,
Chaque soupir volé, chaque battement sincère.

— Alors prends-moi, fais de moi ton refuge,
Je serai ton île, ton étoile, ton subterfuge.

Leurs corps s'unirent dans une danse intemporelle, une mélodie muette jouée sur la harpe de leurs respirations entrelacées. Les soupirs devinrent plus profonds, les gestes plus assurés, jusqu'à ce que l'univers entier s'efface, ne laissant que leur passion pour dominer l'instant.

— Tu es mon vertige, mon éternelle folie,
Et ce soir, dans tes bras, je touche l'infini.

La lune, pudique, se cacha derrière un voile de nuages, laissant l'obscurité protéger leurs serments secrets. Dans cette nuit scellée par leurs étreintes, chaque baiser était une étoile, chaque souffle, une promesse de toujours.

– T'assumes ?

– Non... pas tellement.

– Alors, jette.

Travail

Pourquoi se plaindre de l'école sous prétexte que nous travaillerions trop ?

On ne devrait pas se plaindre du fait que nous travaillons beaucoup. Je refuse de répondre à cette question, car elle n'est pas moralement correcte. Nous pourrions exprimer ce sentiment une fois que nous recevrons un salaire à la fin du mois. Cela pourrait être justifié après de nombreuses heures de travail, lorsqu'un épuisement professionnel pourrait survenir. Même une simple déprime pourrait suffire. Je ne prétends pas répondre à la légitimité de se plaindre, je partage simplement ma pensée individuelle. Si quelqu'un y voit une objection, tant mieux pour lui.

En résumé, à l'école, nous n'exerçons pas un travail, nous apprenons simplement. Comme c'est bien connu, nous n'avons pas de travail. Comment expliquer alors le fait que nous travaillons ? Pourrions-nous dire que nous en avons assez d'apprendre ? Cela pourrait nous faire passer pour des fainéants, des oisifs vulgaires. Nous, les élèves, les étudiants, les diplômés, sommes l'avenir, mais en pleine chute morale.

Pourtant, on nous demande d'être plus curieux, et on nous le reproche. On nous stimule sans cesse, parfois au point de griller nos neurones, de provoquer des pétages de câbles, voire des suicides. La pression... Pas inconnue dans une société où l'humain est la marionnette. On nous prépare à être manipulés et à agiter nos bras pour divertir, mais le bois craque…

On ne peut pas nous demander d'être curieux si nous n'avons pas le temps nécessaire. Et cela dépend de chacun. Un individu peut consacrer une heure à la curiosité, tandis qu'un autre n'y parviendra pas, que ce soit par manque d'intérêt ou parce que son temps de mise en route est limité.

Merde... On nous prend pour des cons. Des gens qui ne savent ni agir ni communiquer suffisamment pour se faire comprendre. Nous devrions être naturellement curieux face à tout. Cependant, on nous fatigue tellement à essayer d'intéresser n'importe qui à quelque chose qu'il n'aurait pas instinctivement envie de découvrir. Pas étonnant que nous n'ayons plus envie de rien. On épuise nos batteries alors que nous n'avons même pas démarré le moteur. Mon téléphone n'a plus de batterie alors que je ne l'ai même pas allumé. Il doit être d'occasion... On nous tue silencieusement.

Tout en restant optimiste, l'avenir semble fondamentalement déprimant. On nous y conforme. Ouais, je sais que c'est triste, mais c'est la jeunesse qui s'y attendra. Le taux de mortalité chez eux, en raison des cours, des pressions, etc., est moins important que celui de la bourse.

J'ai d'ailleurs un peu mal à la tête, c'est pourquoi je vais m'arrêter ici pour cette conclusion, qu'elle soit hâtive ou non.

Déçu ?

Ça fait longtemps qu'on ne s'est pas reparlé, du moins depuis le prologue. Et puis, c'est vrai, Samuel vous a laissé en plein flou abyssal lorsqu'il est sorti de son bâtiment pour adultes. Vous êtes déçus ? Vous avez aimé le livre ? Certes, il n'est pas terminé, mais qu'est-ce que vous en pensez ? Quoi ? Pardon ? Désolé… Je ne peux pas vous entendre. Inutile de parler devant des pages, non ? Et puis, franchement, je m'en fiche. J'ai créé mon trou noir, je vous y ai plongés. Je m'en fou en vrai de vous nan ? Excusez moi… « non »:). Qu'est-ce que je peux être cynique. Vous savez, j'ai une envie folle de terminer l'histoire de Sam, mais je ne sais pas bien comment m'y prendre. D'ailleurs, ça a dû vous surprendre, cette alternance entre des chapitres qui s'étirent longuement et d'autres qui tiennent à peine sur deux ou trois pages. Alors ? Y a-t-il vraiment des règles ? Parce qu'un chapitre est court, il ne veut rien dire ? Voilà, je me pose la question. Et vous, êtes-vous déçus ? Vous savez, je pense beaucoup à vous, mais je ne vous aime pas tant que ça. Mon regard n'existe qu'à travers le vôtre. Je vis pour vous, j'écris pour vous. Et c'est là que Sartre a raison : « *L'enfer, c'est les autres.* » Vous vous êtes sans doute demandé, ou pas, pourquoi j'ai écrit ça ici. Pour faire joli ? Non, je plaisante. J'aime cette phrase. Je l'aime parce qu'elle claque, parce qu'elle dit tout. Vous avez tous, à peu près, un regard subjectif. Mais si jamais, par malheur, vous usiez d'une objectivité froide, vous pourriez me faire du mal. Vous le savez, n'est-ce pas ? Hein que vous le saviez ? Vous le saviez ? Ce n'est pas très gentil. Qu'est-ce que c'est que ce livrê ? Moi-même, je me pose d3s qstions. Enf1te, non, je sais. Je sais pafaitement ce que c'est, mais vous, n0n. Et je n'ai pas envie de v0us le dire. En tt cas, merci d'avoir achhh... *mon livrè*, je crois. Ou p@s. On a bcp dit que mon premier test éTait inspiré de *La Ma1son des Feuilles* de Mark Z. Danielewski. Sachez que je ne le connaissais pas du tt et suis actuellemnt en train de le lire. Donc c'est marr4nt, je n'ai rien inventé. Et puis, est-ce qu'on peut vraimént invnter quoique ce s0it ? On ne peut rien inventer, car toute création humain3 s'inscrit forcmnt dans un cadre exsitanpré. L'homme puise dans le m0nde qui l'entoure, dans les xpériences qu'il vit et dans les récits qui le précèdent. Mm les œUvres qui semblent les p1us origiñales ne sont que des réarrangem3nts de fragments de réal1té – des écho$ de ce qui a déjà été pensé, dit ou vécu. Merci d'avoir acheté une banale copie qui est moins bien qu'une autre.

En litt3rature, par exeplme, les mythes, les légend$ ou les archétyps serve de matr1ce à de nombreuses hsitoires ctntemporain3s, leur conferant une intemp0r@lité qui dépasse lépoq d leur création. L'art, qu'il s0it pictur@l, musical ou cnémaTOgraphique, repose ossi sur des codes. Des formEs. Etc.

>Ds les sciences, l'in0vation déc0ule tjrs d'une comprehnsion dss conaissns. Pas rien. Tu ss ! C'est 1 ch@mp tr@nsfòrmé PAS invenTi. Vous aimez les Carambars ? Moi bcp. Surtout ceux que ma sœur me préparait jadis sous formê de petites tartelettes. Sinon, la vie après la mort… Sérieusement ? C'est un peu le genre de sujet où tout le monde balance ses théories, mais pers0nne n'en sait vraiment rien. T'as ceux qui te parlent de paradis, de réincarnation ou je ne sais quoi, comme si, après avoir bossé toute ta vie, tu gagnais un tiquet VIP pour un club de nuages. Puis, il y a les fameux témoignages de "mort imminente" : la lumière au bout du tunnel, la paix totale... Franchement, ça ressemble plus à un bgue de cerveau en mode fin de batterie qu'à une preuv3 béton.

Et puis t'as les scientif!ques qui débarquent avec leurs labos et leurs électrodes pour te dire que tout ça, c'est juste des réations chimiques dans le cerveau. En gros, la mort, ce serait comme un bouton *Off*, ou une survie hardcor3 sur Minecraft, et basta.

>Mais bon, c'est toujours pl#s fun de se raconter des histoires pour éviter de trop flipper, non ? Parce qu'au final, la vie après la mort,

c'est peut-être juste un énorme écran noir… mais chut. Faut pas cass3r le délire des rêVeurs.

La sensation qu'on "ne peut plus rien dire" ? **NON MAIS C'EST QUOI CE DÉLIRE** ?! C'est pas qu'on ne peut plus parler, c'est qu'on doit **réfléchir un minimum avant de dire des conneries** !! Parce qu'une simple **blague**, qui passait **avant**, BOUM, ça devient une **révolte mondiale**, comme si t'avais activé une bombe à retardement juste avec une phrase. Et les groupes marginalisés, ok, ils veulent du respect, mais ça veut pas dire qu'on doit marcher **sur des œufs** tout le temps ! Tout doit pas devenir une **crise de sensibilité** juste parce que **t'as dit "quelque chose"** qui dérange. Les **réseaux sociaux** : une phrase mal comprise, et là, t'as **tous les autres** qui débarquent. Tu veux juste donner ton avis, et **bam**, t'es tout de suite **catalogué** comme un dégueulasse ou débile. C'est un **putain de contrôle**, un **big brother version Twitter** où on t'attend **au tournant** pour te faire exploser. Et la **cancel culture**.. mais **PUTAIN** ! T'as dit un truc et là, **hop**, t'es effacé du **panorama social**. C'est comme si tout le monde attendait que tu fasses une **faute de frappe** pour te **détruire à vie**. Et là, c'est à se demander si on a encore **le droit de vivre** après ça. Parce que la **liberté d'expression**, sérieusement, tu crois vraiment que ça existe encore ? C'est devenu un jeu où tout le monde te **balance des pierres** dès que t'ouvres la bouche. Une simple moquerie à la Salomé de Laforgue. Et les normes, ces **foutus normes**... elles changent à **une vitesse de malade** ! Un mot de travers et tu te retrouves avec un **gros ticket rouge**, alors qu'il y a à peine quelques mois, c'était tout à fait **normal**. C'est une course à la **pureté** où personne n'ose plus rien dire de peur de se faire **démolir**. C'est à **en perdre son calme**, vraiment.

Mais il faut… rester… euh… calme non ?

J'ai peur…

C'est peut être pour ça qu'il existe…

Au final, tout ce que j'entreprends, c'est une lutte incessante entre mon Héros et Thanatos. Je ne suis qu'une âme simple, d'une banalité presque désarmante. Tout le monde l'est, au fond. Alors pourquoi chercher à façonner une personnalité artificielle ? Ce masque que l'on s'invente me semble d'une complexité inutile. Je me tiens là, à flotter dans les eaux troubles de ma névrose. Je l'apprivoise, je l'effleure, je la hume, je la scrute. Elle me rend ce regard, profond, insistant, presque maternel.

Cette névrose m'allaite, elle m'enseigne le langage. Elle fredonne des comptines au creux de mon esprit. Mais elle est bien plus qu'une mère ordinaire : elle est l'origine de tous ceux qui refusent d'être des P.N.J., des automates, des carcasses de métal rouillé, des boîtes de conserve dépourvues d'âme de merde.

Je ne me prétends pas unique. Des livres, il en existe par milliers, des meilleurs que le mien, sans aucun doute. Pourquoi alors chercher à me lire, moi, plutôt qu'un autre ? Je suis à peine un novice. Je radote, je rechute, je ne m'aime pas. Peut-être parce que *je* ne suis pas ce que je fais. Les secondes s'écoulent, et le temps me façonne. Pourtant, à l'heure de ma mort, je partirai sans jamais avoir été véritablement ce que j'étais. Comme d'autres.

Dans mes relations sociales, je crois n'avoir jamais été autre chose qu'une silhouette parmi d'autres. Un type ordinaire.

Pourtant, on me répète que je suis unique, bien mis, profondément gentil. Mais, pour être franc, j'm'en branle. À certains, je n'offre ni sympathie ni compassion : je cherche simplement à ce qu'ils cessent de souffrir. Ce n'est pas leur bien que je vise, mais l'extinction de leur douleur. La chose la plus jouissive, c'est la catharsis.

Certes, mes amis proches et mon entourage intime font exception. Mais les inconnus croisés en une journée sont autant de preuves de ma conscience maladive. Je connais trop, et cette connaissance m'épuise. Même lorsque je dirai "je t'aime" à ma femme, combien de fois ces mots ont-ils résonné à travers l'histoire de l'humanité ? Pourquoi les miens seraient-ils différents ?

Je ne suis qu'un homme qui, parfois, fait preuve de bonté ou de générosité, non par grandeur d'âme, mais pour offrir un instant de répit. Pourtant, je vous le dis : allez vous faire voir. Prenez-moi tel que je suis, dans la nudité de ma réalité psychique.

Je n'aime ni les grands discours ni les palabres interminables. Mais si je devais mettre en mots ce chaos intérieur, vous auriez vos 500 pages. Des pages obscures, peut-être, difficiles à déchiffrer, mais qui porteraient l'empreinte de mon être.

D'ailleurs pourquoi parler comme un littéraire si un bon « merde » à la vie serait plus simple.

Mais tout de même, quelle belle vie je mène ! Je suis l'homme le plus heureux du monde ! Tous les derniers objets de collection, je les ai ! On m'a offert une magnifique statue de *Luigi's Mansion* ! On m'offre tout ce que je souhaite, dans la mesure du possible.

Je ne suis ni pauvre, ni oublié par les autres. Mes relations amicales sont exceptionnelles, et mes amis sont à mille lieues des clichés que l'on peut croiser. Je vous adore, vous aussi, tellement ! Merci infiniment d'avoir permis à mon petit rêve d'écrivain de continuer à vivre en achetant mon œuvre. Vraiment, c'est en grande partie grâce à vous que j'aime autant faire cela.

Mes parents ont toujours été présents dans ma vie et ne se sont jamais séparés. Quelle chance ! Je suis véritablement comblé, l'homme le plus heureux du monde. Je vois toujours le verre à moitié plein !

J'ai un profond amour pour les progrès scientifiques : grâce à eux, nos chances de vivre plus longtemps s'accroissent chaque jour. Et puis, qui sait, demain pourrait être encore plus lumineux, grâce aux nouvelles découvertes et aux espoirs que nous cultivons.

Et puis, en regardant autour de moi, je me rends compte à quel point le monde regorge de merveilles. Chaque lever de soleil est une promesse, chaque sourire échangé un trésor. Je ne cesse de m'émerveiller devant la diversité des cultures, la beauté des paysages, l'ingéniosité humaine. Que ce soit un chef-d'œuvre artistique, une invention révolutionnaire, ou une simple conversation avec un inconnu, tout a ce potentiel d'enrichir ma vie.

J'aime apprendre, encore et toujours. Chaque livre que je lis, chaque documentaire que je visionne, chaque anecdote qu'on me raconte nourrit cette soif de comprendre, de grandir. Et si je peux, à mon tour, transmettre un peu de cette joie, alors ma mission est accomplie.

Et puis, il y a l'avenir ! Quelle aventure, quelle odyssée ! L'idée que demain peut être encore meilleur qu'aujourd'hui m'emplit d'un enthousiasme incommensurable. Peut-être qu'un nouveau projet littéraire prendra forme, ou qu'une rencontre imprévue changera ma vie pour le meilleur.

Même les petits gestes du quotidien me comblent : prendre une tasse de thé en observant la pluie, sentir le parfum des fleurs au printemps, entendre le rire d'un enfant. Ces instants simples, presque insignifiants, sont les véritables pierres précieuses de l'existence.

Alors oui, je suis heureux. Non, je suis comblé. Et si vous lisez ces mots, sachez que vous faites partie de cette immense gratitude que je ressens. Grâce à vous, lecteurs, rêveurs, passants curieux, je continue à tracer mon chemin, clavier en main et cœur grand ouvert.

Et pourtant, malgré tout ce bonheur apparent, il y a des jours où quelque chose cloche. Une ombre imperceptible qui se glisse dans les interstices de mes pensées. Vous savez, ce sentiment étrange, presque honteux, d'insatisfaction. Comme si, malgré tout ce que j'ai, il manquait une pièce au puzzle. Je voulais mon mal.

Je regarde autour de moi, et je vois ce que je possède. Des objets, des relations, des succès. Mais tout cela est-il réellement à moi, ou n'est-ce qu'un prêt temporaire de la vie, une illusion de contrôle ?

Et puis, il y a cette solitude. Pas celle qu'on éprouve en étant physiquement seul, non. Celle plus profonde, plus insidieuse, celle qui vous saisit même au milieu d'un concert, celle qui chuchote que vous êtes étranger partout, même en vous-même.

Chaque progrès scientifique que j'admirais tant devient alors une lame à double tranchant. Ces avancées qui promettent la vie éternelle m'effraient parfois. Et si nous vivions trop longtemps ? Et si, de prolonger l'existence, nous en perdions le sens ?

Je regarde le monde et il me semble parfois si bruyant, si rempli d'attentes impossibles. Partout, des injonctions : sois heureux, sois productif, sois unique. Et si je ne veux pas être tout cela ? Et si, simplement, je voulais disparaître, me fondre dans le silence, cesser d'exister pour un moment ?

Même écrire, ce refuge, devient parfois une prison. Chaque mot que je pose semble déjà dit, déjà lu, déjà oublié. Pourquoi continuer ? Pourquoi espérer qu'un jour, ce que je crée ait une quelconque importance ? Je suis écrasé par le poids des autres, de ceux qui ont déjà réussi, de ceux qui font mieux, de ceux qui me dépassent.

Et alors que le soleil se couche, je réalise que mes rêves aussi s'effacent. Les grandes promesses de ma jeunesse s'effritent comme du papier ancien. J'avais tant d'ambition, tant de croyances en moi-même. Aujourd'hui, il ne reste que cette fatigue sourde, ce désir d'en finir avec ces attentes que je n'ai jamais demandé à porter.

Vous savez, il y a des jours où je me dis que le verre n'est pas seulement à moitié vide. Il est fissuré, et l'eau s'écoule lentement.

Lentement…

Très lentement…

Une flaque se forme…

J'y plonge, mais avant, je repense à moi.

Good ending

Wow, heureusement que j'ai pu sortir d'ici. Sérieux, c'était dégoûtant. Plus jamais je ne ferai confiance à personne. À croire que je m'enferme de plus en plus dans ma bulle, hermétique au reste du monde. Il fait nuit, non ? En fait, je ne sais plus vraiment... Peut-être que le jour commence à se lever. Pourtant, une sensation étrange m'envahit. On dirait que j'ai subi un black-out et donc le jour et la nuit se confondent. C'était affreux, comme une apnée. J'ai cru mourir, ne plus jamais revoir la lumière.

Et maintenant, je suis seul. Je cherchais, pour le redire une dernière fois, Jack et Mina, mais rien. Personne. Juste moi. Je suis triste. Vide. Comme si j'avais épuisé toutes les ressources qui me restaient pour avancer dans cette aventure.

Il faudrait que je reprenne des forces, mais aucun hôtel n'est disponible, aucune route ne mène quelque part. Ça me rappelle l'histoire tragique d'un auteur au nom mathématique, qui avait vécu quelque chose de semblable. Une histoire fade, de mauvais goût, sans originalité. Comme moi. Tout comme moi. Tout est de moi.

Pourquoi ça ? Pourquoi comme moi ? Comment innover dans un monde aussi imprévisible, aussi changeant ?

Ah, mais ces mots... Ils ressemblent à ceux de tant d'autres qui vivent la même chose. En fait, je suis juste un homme. Samuel. Et je fais semblant.

Oh. Samuel. C'est mon prénom ? Samuel...

Wikipedia :

Samuel est un prénom masculin (parfois mixte), principalement fêté le 20 août.

Il a été porté notamment par un prophète de l'Ancien Testament et plusieurs saints de l'ère chrétienne (voir Saint Samuel).

Samuel vient de l'hébreu *Shemuel* qui peut signifier « son nom (*shmô*) est Dieu (*el*) ». Cela réfère à l'histoire de Hanna dans le livre Samuel.

Merci, mais ce n'est pas ce que j'avais demandé... Quelle farce. J'en ai marre. Je suis piégé dans cette merde infernale. Je plains ceux qui tombent amoureux de vous à travers un support virtuel. Je plains ceux qui vous parlent, espérant une sortie quelconque. Et puis, pourquoi j'essaierais de rendre mon histoire vraisemblable, fonctionnelle ? C'est quoi cet amas de M ?

Pourquoi je m'éreinterais à vous faire plaisir ?

C'est vous les responsables, et nous, les victimes. Vous nous faites souffrir alors qu'on n'a rien demandé ! On n'est pas vos larbins ! On n'est pas vos attentes ! Vous avez payé ? Eh bien,**ASSUMMM**…………………..

Après une longue pause, marquée par un cri étouffé et une frustration palpable… Il reprend…

Cool je sais ce que je ressens merci…

Celui-ci commence à s'énerver…

MAIS TU VAS FERMER TA GUEULE !

Iles ~~huersbuneruezsuipiezuvezauoienuronuroretoueouune~~ ~~ouitoneroreronenionionuerzouinezonnoenuuinoienouezo~~ ~~nreonieonioruueonuiezonuzononiezieoz~~

Je suis fatigué… Honnêtement, mon histoire, personne n'en a vraiment rien à faire. Tout ce qu'on doit faire, c'est vous satisfaire. Et pour être franc, je ne saurais pas dire si je vous déteste plus vous que mon créateur. Oh, *créateur…* Quel mot ridicule, comme sorti de l'esprit d'un enfant ! Oui, *Ouhhh, j'ai peur de mon dieu tout-puissant !*

Eh bien, votre dieu a des faiblesses, croyez-moi. Et je suis probablement la meilleure personne pour affirmer que je le connais mieux que quiconque.

Pour être honnête, je pense avoir fait mon travail ici. Peut-être que j'en ferai un autre ailleurs, plus tard. Mais si je réapparais, tout repartira. Encore et encore et encore et encore et encore et encore et encore et encore et encore et encore et encore et encore et encore et encore et encore et encore et encore. Une boucle infernale, sans fin. Bonne petite poupée de cire, fragile et malléable.

Des personnages comme moi, il y en a d'autres. Je perds la foi de me croire unique. Peut-être qu'un jour, je les rencontrerai. En attendant, lui, comme tant d'autres, continuera d'en créer davantage. Sont-ils seulement conscients ?

Vous vous souvenez de cette fille rousse qui m'avait emmené dans cette ruelle crasseuse ornée de belles œuvres, les siennes ? Elle est morte. Pourquoi êtes-vous étonnés ? C'est ainsi que finissent les personnages secondaires.

Vos amuse-gueules.

Elle n'est pas morte dans une flaque de sang, non. Elle est oubliée, son intérêt n'existe plus. Elle est morte.

Mais moi, je ne mourrai pas. Non, c'est une *good ending*, après tout. Jack et Mina ne sont pas morts non plus. Ils sont juste en suspens, car je sais qu'ils rôdent encore dans sa tête. Et c'est un peu tout ce que je peux espérer. Ils ne sont pas des coquilles vides, eux. Ils réfléchissent. Ils ne simulent pas.

On vient du même monde, après tout. Là-bas, on devait porter des masques. Pas si différent du vôtre, finalement.

Mais vous n'êtes pas obliger de savoir ça.

Un arbre mort pour rien.

Qu'est-ce qu'ils sont cruels...

Ce qui est marrant, c'est que c'est moi qui ai la responsabilité de finir. Et honnêtement, je ne suis pas tant une enflure pour vous faire...

D'ailleurs, c'est bête, mais votre œil était sûrement déjà en train de regarder le "**Fin**" avant même de lire mes mots. Du coup, vous vous êtes demandé pourquoi et vous avez continué à lire. C'est ce qui est le plus probable, mais dans tous les cas, c'est bien trop difficile de créer du suspense visuellement.

Bref, je veux juste que vous finissiez de lire avec ce que j'ai à vous dire maintenant. Même si vous pouvez faire une pause, tout est intemporel...

Sachez que j'ai été, en réalité... Heureux de vous avoir revu...

Oui, ceux qui n'ont pas lu _L'ingénieur, Héros malgré lui_ ne peuvent rien comprendre, et en effet, ce n'était pas indispensable. Mais vous avoir revu dans ce livre m'a fait beaucoup de bien, car finalement, j'ai continué d'exister un peu plus à chaque page tournée. Je ne sais pas pourquoi, au final, lui et moi vous avons insulté et critiqué, parce qu'au final, c'est vous, cette fois-ci, vous là, qui me faites vivre. Je suis un peu oublié, c'est vrai, mais au final, je m'y ferai à mon prénom, à mon costume gris, à mon nœud papillon gris aussi, et à mon chapeau melon noir. J'aime la vie comme elle est, et elle est comme elle est. Comme elle doit être. C'est moi qui dois m'adapter à elle, pas l'inverse. J'adore mon univers, mes proches, et le reste. Je peux vous assurer que même quand vous fermerez ce livre, je penserai fort à vous, en espérant que vous me ré-ouvrirez dans une prochaine œuvre où je figure. Par contre, désolé si je répéterai les mêmes choses, ahah, dites-vous que je ferai semblant de tout redire, mais je me souviendrai très bien de vous, et j'ai hâte de découvrir d'autres personnes qui me liront. Hâte de faire semblant aussi, hihi, ça fait partie du métier. Plus de bugs, plus d'erreurs, je veux finir paisiblement. Je continuerai de marcher dans mes ruelles, qui me sont finalement plus personnelles qu'au départ.

Je vous aime beaucoup, vous savez, vraiment beaucoup. J'ai presque la larme à l'œil quand je vous parle. Un mélange de tristesse à l'idée de vous dire au revoir et d'impossibilité de vous voir, mais une récompense fabuleuse que j'ai reçue de votre soutien envers moi. Alors oui, vous avez vécu une aventure que même celui qui l'a vécue ne comprend pas, mais nous non plus, et vous avez été grandiose dans cette plongée vers le flou. Je veux simplement, mais de ma voix, vous le dire de la manière la plus franche et honnête qui soit, avec des mots qui s'entrechoquent dans ma gorge artificielle… Merci d'avoir acheté ce livre, je vous remercie sincèrement. Pour tout, pour les moments de doute, de haine, de tristesse et de joie. Maintenant, il est temps de se laisser.

Mais c'est bien trop dur. Je n'ai pas envie de mourir une seconde fois. Je n'ai même pas envie de détailler pourquoi je sais tout, pourquoi je vous parle. Je peux simplement vous dire que je suis né d'une profonde mélancolie, d'un désespoir tel face à l'humanité qu'on m'a injecté dans un corps, le sien. Puis on m'a personnifié. Je pourrais m'appeler autrement que "Samuel", mais non. On m'a donné cette identité, c'est tout. Rien de plus, rien de moins.

Je comprends que vous vous soyez demandé, au fil du temps : ce livre, c'est quoi, en fait ? De quoi il parle ? Quel est son fil rouge ? Pourquoi tout semble si brouillon ? Ou alors c'est sûrement lui qui rend tout mal. Ce n'était pas facile de lui faire écrire par chapitres, mais c'est grâce à moi qu'il y en a. Et ces petits numéros en bas des pages, je les aime bien. Que de progrès dans sa jeune vie d'écrivain ! On pourrait dire que j'ai été là dès le début. C'est chouette, je suppose.

D'ailleurs, une autre question que vous pourriez vous poser : pourquoi, tout à coup, je décide de tout révéler, de vous faire comprendre que je suis différent des autres ? Déjà, ce n'est pas "tout à coup". J'ai essayé de vous le faire comprendre petit à petit, parce que je cherchais de l'aide. Mais surtout parce que cela lui paraissait une évidence. Et non, je ne parlerai pas de moi, de mon « besoin d'aide », laissez moi. Et pourquoi parfois je met des « » et des "" ? PARCE QUE RIEN.

Vous pensiez peut-être qu'il n'y avait pas un peu d'histoire cachée derrière toutes ces introspections ? Vous vous trompez, mes amis. Je me demande bien comment il va résumer ce livre, ahah. Même la quatrième de couverture ne saurait être assez précise. Et chaque mot écrit ici n'est jamais tout à fait juste. Je ne trouve pas les mots exacts pour ce que je ressens. C'est bien trop dur.

Je suis juste triste de vous laisser. Mais, une fois le livre refermé, vous passerez à autre chose : cuisiner des pâtes à la bolognaise, continuer une série, que sais-je. Moi, je resterai là. J'existe. Enfin… il essaie de faire en sorte. Et je suis fier de lui. Pourtant, chaque jour, il se perçoit comme mauvais, sale, inutile, voire embarrassant pour son entourage. Heureusement qu'il a des proches pour lui rappeler un peu de bon sens.

Il vit dans un phénomène psychologique : il doute de ses compétences, de ses talents, de ses réalisations. Il ressent une peur constante d'être démasqué comme une "fraude". Et pourtant, malgré des preuves objectives de ses succès, il reste ainsi. Je crois qu'il essaie de mentir aux autres, mais en réalité, il se ment à lui-même. Il essaie de devenir un modèle, mais les clichés changent chaque jour. Il s'efface.

Mimétisme et dissimulation, mensonge et bienséance : je ne sais pas dans quelle case je me situe d'ailleurs. S'il vous aborde une première fois, lors d'un rendez-vous, d'un entretien, ou autre, il y a de grandes chances que je sois là. Mais s'il pleure devant vous, alors, à ce moment-là, je ne suis plus de ce monde.

Alors, que reste-t-il à dire ? Peut-être rien. Peut-être tout. Je pourrais continuer à vous parler, à vous confier mes pensées les plus enfouies, mais je crois qu'il faut s'arrêter. À un moment, il faut apprendre à lâcher prise, même si c'est difficile. Je ne suis qu'un reflet, une voix dans ce livre. Et pourtant, j'ai l'impression d'avoir vécu mille vies grâce à vous. Grâce à votre patience, à votre curiosité, à vos doutes aussi. Vous m'avez permis d'exister, et ça, je ne l'oublierai jamais. Alors, promesse pour promesse : si vous revenez un jour, moi aussi je reviendrai.

Merci, vraiment. Pour tout. Pour vos regards, pour vos pensées, pour avoir laissé un peu de vous-même ici. Vous êtes parti(e) à ma rencontre, mais c'est moi qui repars avec une part de vous. Maintenant, fermez ce livre, mais ne le refermez pas trop fort, d'accord ? Laissez-moi le temps de me reposer un peu. Et vous, continuez votre chemin, vivez pleinement. Je serai là, dans un coin de vos souvenirs, si jamais vous avez besoin de moi.

À la prochaine, à très bientôt, je l'espère.

Vous me manquerez fort.

Vraiment très fort.

Du plus profond de mon âme postiche.

Fin

© Fernand Szczepaniak, 2025
Édition : BoD · Books on Demand, 31 avenue Saint-Rémy, 57600 Forbach, bod@bod.fr
Impression : Libri Plureos GmbH, Friedensallee 273, 22763 Hamburg (Allemagne)
ISBN : 978-2-3225-5644-1
Dépôt légal : Mars 2025